試行錯誤の日々を綴るエッセイ

未知なる心境を求めて

曽我 文宣

丸善プラネット

まえがき

私の敬愛する仏文学者、辰野隆に次のような寺田寅彦に関する忘れられない文章がある。

「物理学専攻の旧友と偶然会って話がはしなくも寺田さんの噂に移っていった。恰も『続冬彦集』（冬彦は寺田の筆名）を読んで間もない頃だったので、僕は口を極めて寺田さんを褒めた。……去年の春の会食の折りであったが、寺田さんは、何か話のついでに、自分は要するに専攻においてもディレッタントだ。この境地を突き抜ければ本物になるのだがなあ……と述懐した。その時、僕は本物も本物、大した本物なのだ、と考えながら、科学に於いても文学に於いても、当代第一流に伍するこの代表的日本人を床しく眺めた。よし、書こう。斯う思い立って、僕は『吉村冬彦論』を書いたのであった」と。ここで忘れられないのは、寅彦が「専攻においてもディレッタントだ」と述べた言葉で、私も、今までに多くの話題について思考を巡らせてきたが、今では専攻も何だかあやふや、過去の思い出の中に残っているばかりのこの歳になってしまった。

私は比較するのも僭越であるが、我が身を顧みて、現在はディレッタントも極まれりといった思いがしている。ただ、彼の気持ちと異なるのは、「本物」という意味合いで、私は、これが私という個人であって、彼の言う本物にならなくてもよい、これでよいと思っているところである。

彼は病弱で五七歳で亡くなっているが、私は現在、寿命だけは彼を、二五歳も上回っての日々を迎えている。彼は五人の子供に恵まれたが、夏子、寛子と妻に二回も結核で先立たれて三回の結婚をした。彼に比べれば、自分は幸せな人生だなあと、つくづく思う。

一方、佐藤愛子は「私の人生は失敗の連続であった。しかし、其の失敗によって私は鍛えられたのである」と述べている。彼女が、最初の夫は、出征からモルヒネ中毒症状で帰国し、二人の子供は夫側の家族になって離婚、二度目の夫は、同人雑誌で指導者格であったが事業の失敗で破産、彼女は娘一人を育てながら、そのあとの借金返済の難行苦行を書いた作品『戦いすんで日が暮れて』が、直木賞となる出世作となった。そして、彼女は二〇二三年一一月に一〇〇歳を迎えている。人さまざまである。

世界を見ると、ウクライナのように、ロシアとの戦争で、命をかけて祖国のために戦っている人たちがいると思えば、サッカーワールドカップやオリンピックで、ゲームの勝利のために、身体をぎりぎり一杯鍛えて人生を賭けている運動選手がいる。そして、それを見るために、感激を求めて海外の開催地に押し掛ける大応援団の観衆、サポーターの人々もいる。

陰謀が渦巻く政治の世界で、権力維持のために、思いを巡らし、アジ演説をする人種がいると思えば、戦争だけはやめてほしいと涙する素朴な女性たちがいる。選挙で熱狂的に演説会に出かける人がいるかと思えば、政府の方針に反対してデモに参加して、掛け声をかける群衆。

黙々と、研究室で自然科学の基礎研究に邁進している学徒がいると思えば、景気を気にして、毎日々々の一瞬の株式の上下に一喜一憂しているトレーダーがいる。

月への着陸旅行に向けて、研究したり、企業家を目指すエンジニア。一方で病気の治療のために必死で働いている病院の医師、看護師、介護士。

クラシック音楽を澄んだ瞳で演奏する管弦楽団員、一方、舞台で思い入れたっぷりで演歌を歌う歌手、踊り狂うダンシングチームの若い男女たち。それに熱狂する観客たち。

ひたすら静かに画業に励む美術家がいると思えば、都市の交差点に展開する電光掲示板の巨大広告の製作に必死の人たち。

コロナ蔓延で　経営がままならなかった多くの観光地の業者。デパートの化粧品売り場で、相変わらず客相手のメイキャップの手ほどきを、毎日している女性店員たち。

人間同士の争いはすべて空しいと、個人の安心立命を追い求めて宗教に帰依する、教会通いのクリスチャンや、人里離れた寺で修行する僧侶たち。

のどかな広い敷地で、花や果物の栽培で、その年の天候を気にする農業の人たち。盆栽に、はたまた縁日用の菊人形や朝顔の手入れに余念のない毎日を送る年とった人たち。

ともかく二四時間番組を埋めなければならない多くのテレビ関係者や制作者。天気予報という有難い、しかし気楽な予測を毎日繰り返し伝える、気象予報士やアナウンサー。ＣＭで愛嬌をふりまく無数のタレントたち。このように人間は人さまざまであり、かくも多種多様なのである。

我が身を省みると、この歳で今も、未知なる心境を求めて、喜びのための刺激を求め、それに疲れて休みたくなり、これを性懲りもなく繰り返し、半分は自己満足、半分は自己反省、どちらにしても、その間を行ったり来たりの人生である。

目次

第一章　科学とその周辺

ハッブル望遠鏡からジェームズ・ウェッブ望遠鏡へ

一九九〇年に、アメリカ航空宇宙局ＮＡＳＡから打ち上げられ、ヨーロッパ宇宙機構であるＥＳＡと共同運行されてきたハッブル望遠鏡（ＨＳＴ：Hubble Space Telescope）は、当初の予定一五年の二倍、約三〇年の活動期間を終え、その間宇宙科学における巨大なる貢献をして、その使命を終えた。それに代わるものとして、二〇二一年一二月に新しくジェームズ・ウェッブ宇宙望遠鏡（ＪＷＳＴ：James Webb Space Telescope）が打ち上げられた（注一）。

この両者は、さまざまの点で異なっている。ＨＳＴは、光学的な反射望遠鏡が取り付けられているのに対し、ＪＭＳＴは、やはり反射望遠鏡が取り付けられているのだが、新しく赤外線センサーを主力としているようである。これはビッグバンの誕生まもなくのファーストスターの観測を狙い、これが赤方変異で赤外線領域にあると思われるからだという。重量は六・二t、望遠鏡の口径は六・五m。ＨＳＴは二・四mであったから二・五倍になる。

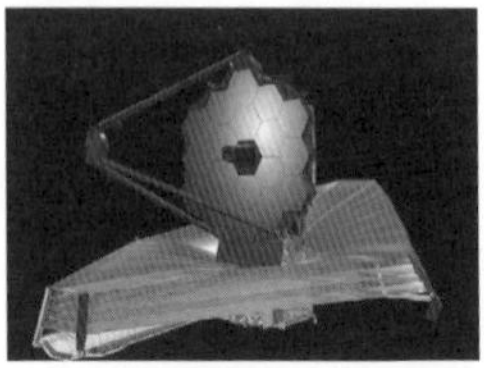

ジェームス・ウェッブ望遠鏡
上　望遠鏡のある面
下　遮蔽板のある底面

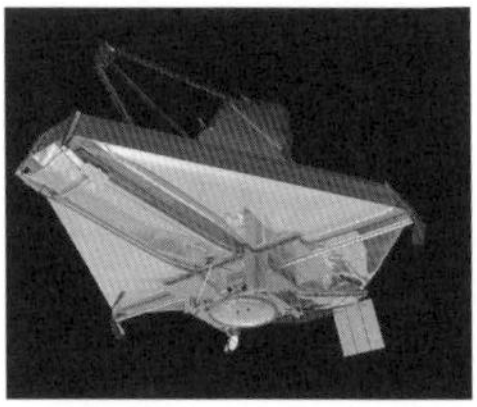

また、高度が全く異なっており、ＨＳＴは地球の周回軌道の上空六〇〇㎞、公転周期約一〇〇分であったのに対し、ＪＭＳＴは

太陽―地球系のラグランジュ点の一つ、Ｌ２に置かれる。これは、地球から一五〇万㎞の遠方で、地球から見て太陽の反対側である。ラグランジュ点というのは、三体問題で（この場合、太陽、地球、月の三者）天体と天体との重力が釣り合う地点のことで、太陽と地球の場合、実際には五点あるとのことだ。地球から月までの距離は三八万四四〇〇㎞というから、それのざっと四倍弱の遠方にある。

宇宙のことに関しては、私が最も興味のあることの一つとして何度か過去に論じてきた(注二)。そして、今もってビッグバン理論そのものが理解できず、疑問だらけの対象である。まず何と言ってもその宇宙が発生する最初が理解不能である。ホーキングが説明するところによれば、時間も空間もないところから突如として両者が発生する、というのはどういうことだろうか。数学的には虚数から実数に変化するということらしい。しかし、実体的、感覚的に全く想像がつかない。その後の宇宙のインフレーションは、相転移から起こるらしいが、佐藤勝彦、アラン・グース以来、異なるインフレーション理論が無数にと言ってよいほど現れているという。

そして、現在の宇宙の、物質、暗黒物質、暗黒エネルギーの構成比は、二〇一三年の最新の発表では、約四・九、二六・八、六八・三％ということらしいが（注三）、これらがどのように求められたのか、「暗黒物質と暗黒エネルギー」で論じたこと(注四)で、さまざまの異なる側面から、推定される道筋はだいたいわかった気がしたが、まだまだ疑問だらけである。特に暗黒エネルギーなんていうのは本体が何なのか、わからない残りをすべて押し込めただけなのではないか、という気がしている。

　また現在、観測によれば宇宙の膨張は加速されているようである。かつて、宇宙の大きさは一三八億光年と言われていたが、これはＨＳＴに観測されている最も遠い星がそれだけ離れているということではないか。もしＪＷＳＴがより高い性能を示せば、この限界を破り、宇宙の年齢ももっと長いものになるかもしれない。

　ＨＳＴで、ちょっと驚嘆すべきことは、故障の修理の実績である。一九九三年、九七年、九九年と三度にわたり、大幅な補給、修理などを行ったらしいが、その後にもさらに二度、スペースシャトルの飛行士による船外に出ての作業で、光軸のズレの補正とか、装置の補修、新しいカメラや分光器の取り付けなど、さまざまなる修理を行ったそうである。宇宙服によるその作業を想像するだに、凄いことをするものだとの思いがする。

　一方、ＪＷＳＴは、とてつもなく遠方なので、修理というようなことは、考えられていないらしい。ラグランジュ点には打ち上げ後三〇日で到着したそうである。反射望遠鏡の主鏡は一八個のセグメントに分かれ、表面は赤外線をよく反射させるため金メッキが施されている。一方、太陽や地球からのノイズ信号を遮蔽するための遮蔽板は五層に分かれ、各板は人の髪の毛ほどの薄さであるという。この打ち上げの過程がもの凄い。一二月二五日打ち上げの時は、主鏡、副鏡、遮蔽板などが複雑に折りたためられており、これらの展開は三〇日間の飛行中に、研究所からの指令で順次行われたという。一月一二日から鏡の調整が始まり（これは各鏡が一㎚の単位で調整可能）、それを調整した結果、二月二五日に調整完了したようだ。今のところＷｉｋｉｐｅｄｉａで出ている画像は左に見るように、非常に鮮明で、ＨＳＴより遥かに精妙なる画像が出ているので、これからが楽しみである。

銀河団ＳＭＡＸＳ
Ｊ０７２３の画像

ＨＳＴによる画像
（２０１７年）

ＪＷＳＴによる画像
（２０２２年）

私は、さらに現時点で今までに読んだ以上の新しい事実や、方法、考えを論じた、私にとっての適当な宇宙の解説書はないかと、だいぶ探したのだか、これといった本は見つからなかった。それぞれの研究者は、それなりに実験、理論と専門の研究を継続しているのはもちろんであり、マルチユニバースの理論もいろいろあるみたいだが、決定的な転機となるような事実の発見はなさそうである。

ここしばらくは、ＪＷＳＴを始めとする観測の期間になるのかもしれない。

注一　エドウィン・ハッブルは、一九二九年に宇宙膨張を発見した天文研究者であるが、ジェームズ・ウェッブは、一九六〇年代にＮＡＳＡの二代目の長官で、アポロ計画の基礎を築くのに功績があったという。一九六九年、人類は月面に到着した。

注二　自著『自然科学の鑑賞』内、「煌めく星のかなた」および「宇宙論の果てはいかに」。自著『いつまでも青春』内、「地球の運命・人間の運命」。

注三　ヨーロッパ宇宙機関ＥＳＡが初めて打ち上げた人工衛星 Planck による二〇一三年の発表。

注四　自著『坂道を登るが如く』内、「暗黒物質と暗黒エネルギー」。

日本の科学技術の停滞と、システムの危機的状況

先ごろ、科学に対する真摯な考察を重ねた本を読んだ。私は、今までに何度か、日本の科学技術の問題点をいろいろ書いてきたのであるが（注一）、この本を読んで改めて自分の認識を深めて、さらには非常な危機感を感じた。

黒川清著『考えよ、問いかけよ　「出る杭人材」が日本を変える』（毎日新聞出版、二〇二二年）である。黒川氏は、二〇一一年東日本大震災で、福島原発が大事故を発生した時の、三つの調査委員会の一つ、国会の「事故調査委員会」の長で（ほかは政府事故調査委員会、民間事故調査委員会）、私はこの三事故調査委員会の報告書を読んだり、翌年八月の学術会議主催の三事故調査委員会の発表の会議に出席して、聴衆者として遠くから彼の発表を聞いたことがある。

黒川　清氏

彼は一九三六年生まれ、出版時八六歳である。祖父が熊本市内で開業医、父は東大医学部卒で東大で内科医、戦後は牛込柳町で開業と、医学者一家の家系で、長男の彼も小さい時から医者になるものと思っていたという。中高一貫校の成蹊高校から一浪して東大に入学したのが一九五六年、医学部を卒業、インターンを経て吉利第一内科、大学院で腎臓を専門にして博士となり、助手として働き始めた。その後先輩の勧めで、一九六九年、三二歳で、妻、子供と三人でアメリカに渡り、ペンシルベニア大学、ＵＣＬＡなどを経由して教授となり、

なんと実に一四年間アメリカに滞在したという。

一九八三年、日本に帰国後、東京大学に戻り、助教授、教授を歴任した。六〇歳で定年後、東海大学に移っている。日本内科学会、日本腎臓学会、国際内科学会の会長ともなっている。二〇〇三年、日本学術会議の会長になり、三年間務めた。

彼はこのような学者として、若き日の長期間のアメリカでの研究、教育のユニークな経験を積んだため、いろいろ豊かな見識で多くの提言をなしており、非常に刺激的な著作となっている。

まずは、第一章が「時代に取り残された日本の教育現場」で、イギリスのＴＨＥ（**Times Higher Education**）の大学の二〇二二年度世界ランキングで、日本の大学が、上位一〇〇位に東大三五位、京大六一位が出ている。これは選考要素において、外国人スタッフや海外からの留学生の数とかが多いとか、英語圏が圧倒的に有利で、イギリス、アメリカなどの大学が上位を独占しているので、私は以前にも書いたが、それほど気にはならない。しかし、アジアで北京大学と清華大学が同位の一六位、シンガポール国立大学が二一位、香港大学が三〇位とあるのは気になる。二〇一五年では、アジアのトップが東京大学だったからである。

日本の大学の教育について、黒川氏は筆記試験ばかり行う弊害を述べている。アメリカでは、一、二年の教養科目では、プラトン、ホッブズ、マキアベッリ、トクヴィル、マルクス、エンゲルス、トーマス・クーンなどの古典を読んでおくのが前提で、講義の時は、大部分がその内容を巡る学生同士の議論に費やされるという。古典を読んでいないと議論には参加できない。毎週のように数冊の本を読み、レポートを提出するというような日常だったという人もいるという。日本では授業は一方的な講義を聞くだけで、試験を受け単位を取得し、やがては就職する。テレビのクイズ番組で、雑知識を振り回している一流大学の大学生が出てくるが、彼らが受けたであろうペーパー試験には、議論は必要ない。彼は日本の大学は就職のための予備校のようなものだ、と言っている。これが日本の大学の現状で、考える力、思考力は全く考慮の対象になっていない。

彼がアメリカに行った時、「独立した個人」として、客観的な視点を持ち、日本を相対的に見ることができるようになっていた、と書く意味は、私にもよくわかる。私は三〇代半ばでインディアナ大学の附置研究施設ＩＵＣＦ（Indiana University Cyclotron Facility）に客員研究員として三年間、五人家族でいて、大学の教育現場には接する機会がなかったので、黒川氏の書いたような経験はなかったが、研究所では、一人前の個人の研究者として、対応された。黒川氏もアメリカに行った時は必死で土日もない研究生活だったと書いているが、私も同様で、実験チームを組織してリーダーとしての経験もしたし、アメリカ物理学会でも数度発表もし、後に論文にもした。もっとも、夏休みには、ロングドライブでワシントン、イエローストン、フロリダへと東西南の三度の家族旅行を楽しんだ。

要するに、若い時に、外国に行くことによって、世界を見る目を養うことが必要で、彼は、「他流試合に身を投じなさい」というのである。彼はまた、履歴に「東大卒、助手（助教）、助教授（准教授）、教授」と四行だけしか書けない教授を「四行教授」と名づけ、こんな教育者が偉いとされている日本の教育はだめだ、と主張もしている。ここ数十年に起きた世界のグローバル化によって、実力主義による競争に対応しなければならず、彼は若者に「外国に出よ」と声を大にして述べている。

第二章が「停滞から凋落へ向かう日本の科学技術」である。日本では一九九五年に科学技術基本法が制定され「科学技術創造立国」を標榜したのであるが、その後、日本は低迷を続け、今では日本の科学技術は外国に比べて、大きな差をつけられた。

図表2-1　主要国における研究開発費総額の推移

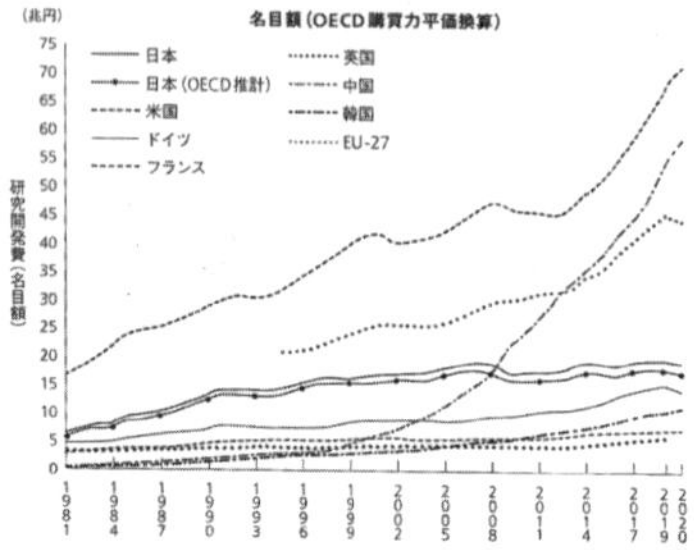

出典：文部科学省 科学技術・学術政策研究所、「科学技術指標2022」をもとに加工・作成

上の各国の官民合わせた研究開発費の推移のグラフで（注二）、右の最近時点で上から見ると、アメリカ、中国、ＥＵ全体についで、日本が二一世紀に入って、ずっと停滞しているのが一目瞭然である（日本の下はドイツ、韓国、フランス、英国であるが、いずれも上昇している。特にドイツ、韓国が目立つ）。

発表論文数を見る。彼は一九九八年から二〇〇〇年の平均と、一〇年後の二〇一八年から二〇二〇年の平均との比較をしている。アメリカはこの間に四四％の伸び、日本は二〇〇〇年代初めまでは、一時ドイツや英国を抜いて世界二位という時期もあったという。ところが二〇〇〇年代に入ってからは全く増えなくなり、この間の比較では、伸び率約四％。二〇一八年から二〇二〇年の平均論文数は、中国、アメリカ、ドイツ、インドに次ぐ五位に転落、主要国の中で唯一横ばいであるという。

彼は、この傾向に対して、日本の政府の対応が全く遅れているとし、政治に対する問題点を列挙している。二〇〇六年、第一次安倍内閣の時に政府の科学技術を担当する内閣特別顧問が設置され、黒川氏はその顧問に就任した。これはアメリカの「大統領府科学技術政策局（ＯＳＴＰ）」四〇人のスタッフをまねたものであった。ところが、安倍氏は病に倒れ、一年で退陣し、二年後の麻生内閣の時にはこのポストも立ち消えになったという。

また、彼は我が国には科学技術政策を陣頭指揮する大臣がいない、という。中央省庁再編後の二〇〇一年の第二次森内閣から現在の第二次岸田内閣まで、二一年間に、延べ三三人の大臣が就任、再任を除く二二人が新人である。任期は平均一年前後で、科学技術という専門性の高い分野で継続性が重視されるべき政策担当大臣が常に新人というのは「おかしなことだ」という。私も全く同感で、ここ、二〇年くらい、科学技術に素養や興味のある大臣は一人もいない。文部科学大臣が今まで科学を論じた発言をしたことは、ないのではないか。第二次岸田内閣の大臣任務で科学技術という言葉が現れるのは、他に経済安全保障担当大臣でその中の任務は「経済安全保障、クールジャパン戦略、知的財産戦略、科学技術政策、宇宙政策」とあり、科学技術はそのほんの一部の言葉のみの意味しかない。

かつて一九九六年、橋本内閣で省庁再編の審議が行われ、二〇〇一年、森内閣で、一府二二省庁が、一府一二省庁に削減された時、科学技術庁が大所帯の文部省に吸収され、文部科学省になったのだが、私は、その時、これは、将来のために絶対によくない機構改革だと強く感じた。それは、両者の機構が全く異なった体質、組織であったからである。文部省は明治以来の長い歴史のある役所で、膨大な教育職務を抱え、巨大な事務職員の集まりであり、物事を変化させることは容易でなく、それだけに非常に保守的な役所である。一方科学技術庁は、戦後にできた省庁で、職員は当時六研究所の職員に、役人を加えても二五〇〇人くらい。文部省の関係者の一〇分の一にも達しなかったが、理・工学部の出身者が多く、常に新しい科学技術の発展に対応するべく非常に機動的な体制で、常に新規のプロジェクトを求めていた。文部省の中心は初等中等局で、当時の大学局（現在は高等教育局）は存在さえ知られないくらい影が薄かった。

省庁再編の審議の時は、原子力関係で高速増殖炉「もんじゅ」のナトリウム漏洩事故、ＪＣＯ事故など、不祥事が続出し、科学技術庁が面目を失墜し、そこの役人はその存続を願ったものの、その願いは一蹴されたと聞いた。合併の結果、人数の規模の差から、科学技術庁は、七局くらいからその当時二局に減らされ、大部分のトップは文部省からの役人が占めた。

日本の政治での科学技術の軽視は、体質的なもので、科学技術庁長官は、陣笠大臣ばかりが大半で（唯一の例外が有馬朗人氏）大臣という経歴をつけるためだけの政治家が代々任命されてきた。例えば、私が思い出す長官は、男はほとんど覚えてなく、近藤鶴代、山東昭子、田中眞紀子氏など女性が多いが、彼女たちが、それ以前に科学技術に興味があったとは、とても思われない。もともと、政治家はほとんどが文系出身で科学には知識も関心のない政治家ばかりであるのが、日本の政治の致命的な欠陥である。これに比し、イギリスのサッチャー、ドイツのメルケル元首相などは、大学時代理系であったのはよく知られた事実である。それでも中曽根康弘氏は、一九五五年、長官の時、日本の総予算が約一兆円時代、日本の原子力開発予算に最初の火をつけたし(ウラン235にちなんで二億三五〇〇万円だったのは本人が述べている)、首相になってからは、一九八四年「対がん一〇カ年総合戦略」で、私の関係した放医研の加速器によるがん治療施設HIMACの予算がスタートしたので、それなりの対応はしたのだが、これはむしろ例外というべきだろう。

私はそれとともに、五年の中期計画を立案させ、五年で成果を出せという、予算の能率ばかりを優先させた役人の考えたシステムが、研究の考える幅を著しく短視眼的にし続けた。また、大学や研究所への運営交付金が年一%づつ減額され、研究費は自ら稼げというシステムにしたため、その資金を獲得するために、教授は年がら年中、書類書きに忙殺されるという体制が、日本のアカデミズムを荒廃させていると思う。

私は、二〇〇三年から四年間、内閣府から頼まれて総合科学技術会議の物理・天文部門の四人の委員の一人であった時、年五〇億円以上の予算を請求するビッグプロジェクト、約一〇項目の査定を行った。そのかなりのものが、五年から一〇年近くの建設計画に関わるものだったのであるが、今ではそのような計画さえ考えられないような状況になっているのではないかと思われる。黒川氏は、今では、総合科学技術会議も影の薄い存在になってしまっているとも書いている。

文科省の科学技術・学術政策研究所の調査によれば、国内の自然科学系大学組織や公的機関に在籍する若手研究者の六割が海外で研究活動をしたいと考えているが、それにブレーキをかけているのが「移籍後、日本に帰ってくるポストがあるかどうか不安」ということ、また「海外へのコネクションがない」ということにあるという。これは、大学にも企業にも、上位の階層に、海外を経験したものが少ないことがあり、日本の研究者の九割以上が、海外勤務を経験していないとある。

また、日本の大学のタテ型構造、同じ大学にずっといて、教授の研究の流れに追随して、身分も上昇していくという例が非常に多い。これを彼は日本の「家元制度」と名指してもいる。「教員自給率」は、東大、京大などでは、七割前後、海外の一流大学では、おおむね数％に過ぎない。アメリカでは、学部から大学院、あるいはその後のポストドックとして就職するとき、別の大学を選ぶのが基本である。また、企業の研究所に行って、傑出した実績をあげた例も多い。このような若い時からの慣習が、社会の流動性を高め、研究者のダイナミックな活動を創出している、とも述べている。もっとも、私はこの大学人の流動性はアメリカ特有ではないかとも感じる。ヨーロッパでは、英独仏などで、大学をいろいろ変わるというのは、あまり聞いたことがないからである。

彼は大学教授の責務は、次世代を担う独立した若手研究者の育成にある、とし、また「科学リテラシー」を持つ政治家を多数、国会に送らないといけないと強調しているが、私は、国民が日常の消費生活にのみ関心があり、マスコミも数年前まで日本人が断続的にノーベル賞を獲得した時、一時的に取り上げる以外、科学技術を深く論じることもなく、政治家が権力の推移と景気の変転にのみ関心を持ち、議員の大部分が身近の地元の選挙にばかり気をとられている現状を見ると、これは容易に変わらないだろうと思う。

第三章は「失われた三〇年を取り戻せるか」である。

名目ＧＤＰでは世界で三位、しかし一人当りのそれでは二八位。このままいくと、やがて二〇三〇年までには、韓国、台湾にも抜かれると予想されるという。

日本が過去の成功談である「モノづくり」でのし上がった時代から、今はある種のソフトウェアやサービス、新しいアイデア、コンセプトの無形資産・知的財産で稼ぐ時代になっているのに、日本はそれに乗り遅れてしまっている。

デジタル時代になり、情報通信技術やＡＩといった無形資産がビジネスの中心となると、日本の特許出願数はぐんぐん減った。今となってはキヤノンが特許出願数で辛うじてトップ一〇に入っているという。この指標では、中国がアメリカを抜いてトップ、５Ｇや６Ｇの特許出願数ではすでにアメリカを上回っている。物質的な資源の乏しい日本は、知的財産を資源として世界経済に打って出なければならないはずなのに、と慨嘆している。

アメリカから二〇年遅れの二〇二一年、日本でもようやく「デジタル庁」が設置された。しかし、私が考えるに、これは、科学技術の発展のためというより、マイナンバーカードの普及のような日常生活に関するものである。国際大学前学長の伊丹敬之氏の論によれば、日本のコンピューター科学の大学の修士卒は、二〇一五年で三〇〇〇人強、アメリカの一〇分の一であって、これがもう三〇年近く続いているとのことだ（注三）。

黒川氏は二〇〇六年から二〇〇七年、八カ月の時間をかけ「長期戦略指針「イノベーション25」の座長として報告書を提出。しかし、一五年経ってこの政策ロードマップが十分には達成されていない。国民もこの「イノベーション25」を知っている人は、ほとんどいないと思われると書いている。私も全く初耳で知らなかった。

彼は、引き続いて、旧来の価値感からの転換が急務と述べ、日本のさまざまのタテ社会、新卒一括採用、終身雇用、年功序列、官尊民卑、大企業崇拝、学歴重視……といった旧式システムをすみやかに作り替えないといけないと強調している。このタテの拘束を解くには「出る杭人材」を登用し、従来の組織をかき回すしかない。ヨコ異動を可能にするためには、日本の大学と企業のヨコの連携を強化する必要がある。国の研究費には限界があり、大がかりな研究を進めるためには企業の力が不可欠である。これは注二で記載した如く、研究費は、企業でほぼ四分の三、大学を含む公的機関で四分の一なのである。

ここまでは、すべて日本の科学技術の、衰退の現状と、その原因ばかりを記述しているので、がっくりすることばかりなのであるが、終節の表題は「健康大国日本モデルを世界に示すときが来た」となっている。この章の最後では、停滞する日本経済の突破口は「ヘルス」にあるとし、彼の医者としての視点が提示されている。科学の進歩によって、マラリア、結核、エイズといった三大感染症を克服しつつある人類は、現在、糖尿病、高血圧、脂質異常症といった慢性疾患に襲われている。コロナに対する防衛は、他の先進国より、はるかにうまくいっているが、私は、これは、医者たちの適切な指導と、それに対する国民の規律正しい態度、行動がなさしめたものと感じているが、日本は高齢先進国であり、黒川氏は、「ヘルス産業」では、種々の研究での発展が見られるという。例えば、世界が注目する日本の認知症対策で、このリスク提言のカギは、ビッグデータ、ソーシャルロボット、デジタルテクノロジーであるとも述べている。

第四章が「日本再生への道標を打ち立てる」となっている。

これは、私が冒頭に簡単に触れた、かつて彼が福島原発事故後において、国会の事故調査団の長であった時の、経験談がいろいろ書いてある。彼は事故が起きてすぐ当時の民主党の菅直人首相に「独立した国際的調査委員会を作るべきだ」という意見書を届けたという。政府や東京電力の発表は、真実を隠しているのではないかという疑念が国際的に広まっているのを肌で感じたからで、そのため彼は与党だった民主党、野党だった自民党を問わず、議員に働きかけ、ようやく半年が経った九月末に発足が決まり、一〇人の識者による委員会メンバーが一二月に発令された。民間人による国政調査権を背景にした委員会が設置されるのは、憲政史上初めてのことだったという。

六カ月に渡る膨大な聞きとり調査から始まる作業を終えて、事故は「人災」と結論付けた五八六ページにも達する報告書を提出した。私は、福島の事故は、一〇〇〇年に一度の天災に（それより小規模な津波被害は三陸海岸で何度も起こっていたとはいえ）、幾多の人災が重なったものだと思うので、天災、人災の言葉を巡る議論は、全く意味がないと思っている。

ところが、今に至るまで、七つの提言を含む調査報告書は無視され、役人、政治家は責任を取ろうとしない。外国の原子力専門家が「何でも協力する」と言っているのに、原子力ムラは聞く耳を持たず、提言もたな晒しにされたままであるという。

調査委員会の記者会見で、ジャーナリストからしばしば「委員長の意見はどうですか」と聞かれた。そのたびに、彼は「全てを公開しているのですから、貴方がたが自分で考えて、自分の意見を書いてください」と言ったという。結局、日本のジャーナリストは、自分で問題提起をする姿勢に欠けていると言わざるを得ない、とも書いている。

彼は、日本のエリートたちは同調圧力にはなはだ弱く「グループシンク」（Group Think）と呼ばれる意思決定のパターンが存在していると述べている。事故の根本的原因は、単線路線の日本型エリートのグループシンクというマインドにある、と述べている。

私は、彼のいうように、日本の大学の慣習を打ち破ることが、絶対必要だとも思うが、それには長い時間がかかる。今、始められることは何かと考えてみる。自然科学の研究者は、大学をはじめ国公立機関、民間を問わず、世界的な激しい競争に身をさらしているが、一般国民は、ノーベル賞受賞のニュースの時など以外、ほとんど関心も興味も持っていない。

これは、ある程度、当然でもある。科学の先端はますます発展し、それに追随できるものは、専門家であってもその専門分野だけ、広く科学の全体を見渡すことは、不可能に近い。国民は、その結果が日常生活に影響を及ぼす時に初めてそれを体感するのである。

しかし、科学技術の発展は、長期的に国の命運をかける大きな主題である。科学技術に理解のある日本の政治家は全く存在しない。科学技術では票にならないからで、今後も期待できない。理系に進んで研究者となり、政治に興味のある人は滅多に出ない。だから、それに恒常的に強く働きかける組織を作り、政治家を動かすよりほかに方法は存在しない。科学技術の再生のためには、まず、科学技術を担当する省庁を、文部省とは別の独立した省庁として復活させ、国の科学技術を恒常的に考える役人、そして科学技術を専門に語り得る見識ある組織、黒川氏のような単に顧問というような個人的なものでない、政府に恒常的に実行可能な提言を送ることのできる学者、役人集団を作ることが、必須だと思う。

また、大臣は、必ずしも議員である必要はないので、(過去に民間からの川口順子環境相、続いて外相の例がある) 広い見識のある学者や、科学技術関係の産業界からの人が、ある程度、継続的に任用されるのが望ましいと思う。そうしないと傘下の役人が奮い立たないと本当に思うのである。

そして、政治とは別に、若い人たちのために、日本の大学の体制、研究者の動向、企業のあり方を、より開放的になるよう努力することが、日本の科学技術の力強い発展をもたらすであろうと思っている。

注一　自著『穏やかな意思で伸びやかに』内、「日本の自然科学の進展と問題点」。

注二　これは文科省、科学技術・学術政策研究所「科学技術指標二〇二二」をもとに加工・作成とある。ネットで科学技術指標を調べると、企業、政府、大学、非営利団体の負担部門、使用部門に分かれ、日本の場合、二〇二〇年のグラフが示されているが、使用部門では、企業が七七・一％で一番多く、大学は一九・一％、公的機関七・六％、非営利団体一・三％となっている。政府の負担は、一七・五％でその全体を一〇〇％とすると、企業に三・六％、公的機関に四二・一％、大学に五一・八％が流れている。
国によって、制度の違いから、取り扱い上、注意が必要と書かれているが、政府と民間を合わせての科学技術への研究費総額の傾向が見て取れると考えていいであろう。

注三　『文藝春秋』二〇二三年二月号内、伊丹敬之「ＧＡＦＡに勝つ方法」。

第二章　社会の動き

日本の高齢化社会と社会保障、人口減少

日本の高齢化はどんどん進んでいる。二〇二三年九月のＮＨＫニュースで、ついに八〇歳以上の高齢者が一〇人に一人になったと報じられた。

私は二〇一六年にこのことに関して書いたことがある。自著『心を燃やす時と眺める時』内、「人口減少、高齢化問題」である。思い出してみると、この時に記したピーター・ドラッカーの予測は素晴らしいものがあったなあ、とつくづく思う。彼は『見えざる革命　来たるべき高齢化社会の衝撃』を実に一九七六年に書いているのである。そして彼は日本語版の出版に寄せて「このような変化は、他のいかなる国よりも日本においてもっとも顕著である」と指摘していた。過去のことを分析するのは比較的簡単で総合雑誌の評論はそのような記事で溢れているが、未来予測を論じたものは非常に少なく、ましてやそれが当たる確率はもっとはるかに少ない。

二〇二三年六月のＷＨＯ（世界保健機関）の発表によれば、平均寿命の最も長い国は日本の八四・三歳で、二位はスイスの八三・四歳であった。平均寿命が八〇歳を超える国は、韓国、シンガポール、オーストラリアがあるが、それ以外は、スペイン、イタリア、ノルウェー、フランス、ルクセンブルグ、スウェーデンなどヨーロッパの国々が多い。

例によって、現在マスコミはこの問題の暗い側面ばかりを伝えている。例えば、老人一人を一五―六四歳の生産年齢世代が支える人数について、二〇二〇年は二・〇八人だったが、二〇三〇

年には一・九一人、五〇年には一・四三人と減少していくとか、少子化で労働者不足のため、外国人労働者を大量に受け入れなければならない、これらは従来の労働環境と著しく異なり、多くの問題を生起する、といった類である。

しかし私は、この事実は、日本が世界に冠たる誇るべきことであると思っている。この記録を達成できたのは、日本の優れた医療体制のおかげである。そして外国人の垂涎の的である、国民皆保険制度がある。アメリカの平均寿命は四〇位で、七八・五歳である。アメリカは日本に習うべく、二〇一〇年成立、一四年に施行開始となったオバマ・ケアと言われる制度（日本とはやや異なる）を導入したが、これはかえって混乱し、庶民の医療費の高騰を招いた。トランプは廃止を主張したが、議会の反対で今も辛うじて残っているようだ。

コロナ患者の数からいっても、二〇二三年三月のジョンズ・ホプキンス大学の集計によれば、アメリカは世界一位で、感染者数の累計が一億三八〇万人、死者も一一二万人と、世界で断トツの一位であり、日本は感染者数七位で三三三二万人で、死者は一〇位以下で七万三〇〇〇人である。日本は、高齢化社会の先進国として、その社会研究で、世界に多くの貢献ができそうだ、という話は、前節の「日本の科学技術の停滞と、システムの危機的状況」で、医学博士で滞米一四年の黒川清氏の論考とともに記述した。

コロナ感染は、社会の構造を劇的に変化させた。特に労働形態が変化し、在宅勤務を余儀なくされ、それが、労働者のかなりの部分を覆ったため、通勤事情が変わって、人々は毎日、会社に出勤しなくても、事務系など労働のかなりの部分が在宅で賄えることを認識した。もちろん、製造現場や、いわゆるエッセンシャル・ワーカー（交通機関の維持、警察、消防などの公務員、物流関係の仕事、生活のインフラ系の整備、商店の営業、子供の教育に携わる人、メディア系など）、それに営業で客先を飛び回る人たちはやむを得ないにしても、デジタル革命によるスマホなどで、連絡を取り合う業務は普通のことになっている。医療においても在宅診療、オンライン診療あるいはリモート診療の可能性を拡大しつつある。

しかし、日本での高齢者は増えつつあり、それに伴って社会保障費の増大は避けられない。この点に関し、長年、厚生労働省の役人を務め、年金局長、雇用均等・児童家庭局長を歴任し、退官後の現在は、上智大学教授である香取照幸氏は次のように述べている（注一）。

二〇一九年に厚労省の委託研究「地域包括ケア研究会」（三菱ＵＦＪリサーチ＆コンサルティング）の報告書で、二〇四〇年の社会のイメージを作っている。三五年には八五歳以上の高齢者が一〇〇〇万人を超え、四〇年には団塊世代が九〇歳を超える。そしてこのような時代には、高齢者の多様性と格差の出現は避けられないであろうと。例えば、高齢者の独居世帯が多数になり、ちょっとしたことにも困難を覚える高齢者が増えるであろう。家族介護は当てにならない。一方では、コロナ禍で一部進んだオンライン診療も普通のことになるかもしれない。

このような社会を支えるための社会保障費の充当は十分に行われるであろうか。社会保障費は政府予算の中で最も多額の予算の一つで、二〇二一年度の統計では、コロナ蔓延の真最中であるが、最高額を更新、総額約一三八億円、対GDP比で二五％を超えている。このような状況で将来、この保障が十分行われるであろうか、という問題意識である。

私は、旧民主党政権、鳩山由紀夫、菅直人、野田佳彦氏の三人の政権の中では、野田氏は悪くはなかったと思っている。彼が非常に謙虚で政権末期に打ち出した、「税と社会保障の一体改革」（税の目的税化）という言葉は今でも生きている。ただ、彼がこの言葉で、消費税引き上げはやむを得ないということで、自民党に消費税八％の口実を与え、民主党がそれまでのマニフェストがことごとく実現できなかったために、総選挙で惨敗したのは、いかにも対策上、稚拙ではあった。かつて私が彼とよく出会った幕張本郷駅前でのビラ配りは、党顧問である今でもやっているようだ。

香取氏は、まず、社会保障給付の規模は総額でなく対GDP比で考えなければならないとの注意から、四〇年の伸びは減少して二％程度、この間に七五歳以上の人口が一・三七倍になることを考えれば、これは抑制と見るべきである。各論では、マクロ経済スライド（注二）のおかげで公的年金は安定する。医療介護費の対GDP比は増大する。というのは、八五歳人口では、約五割が要介護認定、約四割に認知症が発症しているからである。また往診・訪問診療が増えていくことが予想される。デジタル技術が進歩し、オンライン診療が増えれば、医療費は増大する。

一方、少子化問題であるが、私が一九八三年からフランスに二年間妻を伴って子供四人（中学生一人、小学生二人、幼稚園児一人）の家族六人でいた時に驚いたことがある。人口をキープするには、女性の特殊出生率（一五歳から四九歳の女性の各年令別出生率を合計したもの）が二・〇以上であることが必要だが、その当時、フランスは女性の特殊出生率が一・八六で低かった。私はフランス原子力庁、CEA（Commissariat à l' Énergie Atomique）のサックレー原子力研究所に勤めていたが、なんと私の給料と、扶養家族手当の総額がほぼ同額、すなわち、単身であれば取得する給料の二倍をもらっていたのである。全く予期せぬ出来事であった、これがフランスの少子化対策なのであった。日本では、国家公務員であるから給料は知れていて二〇万円くらいだったが、配偶者手当が六五〇〇円、子供手当が一人当たり二五〇〇円のみであり、総額は一万六五〇〇円に過ぎなかった。その後、フランスは出生率がぐんぐん上がり二〇〇五年くらいから二〇一六年あたりまで、特殊出生率が、ほぼ二・〇近傍で、ヨーロッパで最も高い国になっている。だから、子供を産めば、豊かな生活費が得られる制度にすれば、少子化問題は改善されると思う。さらには、フランスでは、初等中等教育における教育費は全て無料であった。教科書も学校から借用であって無料で与えられた。日本でも、二〇二三年一二月、東京都の小池知事が、都立高校の授業料無償化、私立高校の援助金の上昇を打ち出した。

香取氏によると、政府は、「全世代型社会保障の構築」を掲げているが、日本の家族関係給付は、社会保障費全体の五％、対GDP比で二％弱に過ぎず、これはフランスやスウェーデンの半分の水準だと指摘し、もっと向上させねばならぬと主張しているように思える。

日本の人口はどのくらいが適正か。私は、ヨーロッパの先進国の中の大国、イギリス、ドイツ、フランスのことを考え、面積の比較、日本が資源小国のことを考えると、さしたる根拠とは言い難いが、八〇〇〇万くらいが適当ではないかと思っている。上記の三国の人口は八五〇〇〇万のドイツが最大である。このことで、最近、大の親友、私が友達の中では視野の広さ、人間の行動の洞察力で傑出していると思っている元通産省の高官であった中島邦雄君（小学校の同級）と江崎格君（中学の同級）と愉快に飲んだ時に議論した。中島君は私と近く、六〇〇〇万くらいでもいいかと、言っていたが、江崎君は、総人口よりも人口構成比が問題で、今のような日本の年代別人口構成が二段の徳利型（高齢者の団塊世代と第二次ベビーブームがピークで、それ以後、ひたすら減少、六五歳以上の高齢者が約三〇％、最近の出生は第二次ブームに対して約半数）になっているのが問題で、若年層が増える下膨れにならなければいけないと主張していた。もっともである。問題はその先で、それにはどうしたらいいか。

左から、江崎、中島君と私

それにしても、現在の日本の特殊出生率は、二〇二三年六月の発表によると、二〇二二年の統計は実に一・二六とあまりに低すぎる。世界銀行が発表しているデータでは、二〇二〇年の世界ランキングでは二一二国の中で、一九四位とのことである。

この問題は、複合的な原因があって、なかなか難しい問題を内包しているようである。例えば、そもそも初婚年齢が男三一・一歳、女二九・七歳で、かなり高齢化している。これはなぜか。生活環境が厳しいとか、男の場合、特に非正規雇用の増加、女性の社会進出が旺盛であるとか、貧富の増加で、経済的中間層が減少し、富裕層と貧困層に分断されてきたとか、いろいろ原因があり、一方、離婚率が三組に一組などというのも大きいだろう。とりわけ、シングルマザーの経済貧困は大きな問題である。国内政治的には、まだまだ多くの課題が存在することは確かだが、総体として、日本は、豊かな社会保障体制が構築できてはいるとは思う。

フランスの人口構成を見ると、第二次ベビーブームのあと、人口が少し減った時期もあるが、ずっとほぼ一定である。それに習うならば、上記のように子育ての経済的支援が一番だと、私は考えている。もっともフランスでは日本にない海外からの大量避難民の問題を抱えている。

親友の両君は常に全体のバランスを考えているし、さまざまな業界の立場からの発言の限界、政治家やマスコミで活動している人たち、大学人の立場上の限界などもよく心得ている。多くの人が自らの生活上の立場があり、ある種の制約を受けながらの発言なのである。例えば、マスコミ界の時事解説者などは、常に中立の立場であって、分析予測はしても決して自分の当面の結論、本心は言わない。これも解説を続ける必要があるからだ。両君には、私はいろいろ示唆を受けている。もう彼らはとっくに退官しているが、日本では国家公務員の人気がなくなってきているが、将来も彼らのような優秀な人材で構成されていれば日本は大丈夫であろう。はたして今後はどうであろうか。

注一　『中央公論』二〇二三年四月号、「高齢者の急増に社会保障は耐えられるか」。

注二　現役世代が負担できる範囲内で年金の給付総額を自動的に調整する仕組みのこと。

ＧＡＦＡおよびＭ&Ａについて

近年、アメリカでは、ＧＡＦＡ（Ｇｏｏｇｌｅ、Ａｐｐｌｅ、Ｆａｃｅｂｏｏｋ＝現在名Ｍｅｔａ、Ａｍａｚｏｎ）というのが、大企業の中で、圧倒的な存在感を示していると、よく言われている。Ａｐｐｌｅは通信機器製造の会社であり、その成り立ちやスティーヴ・ジョブズについてはかつて書いたことがある（注一）。ＧｏｏｇｌｅとＦａｃｅｂｏｏｋはいわばネット通信の企業といえよう。今も人々がコミュニケーションに広く利用する一方、主な収入源は広告である。

これらの会社の事業についての私の知識は非常に浅い。自ら知らない事柄を、Ｇｏｏｇｌｅで検索するとか、多くの知り合いがＦａｃｅｂｏｏｋに最近の活動を投稿して記すのを、目にする程度で（たまたま息子が「面白いよ」といって私のＰＣに勝手に登録した）、私自身はＦａｃｅｂｏｏｋに投稿したことはない。私のＰＣはＭａｃではないので、Ａｐｐｌｅには縁がない。Ａｍａｚｏｎは、書籍の通販で私にとってなじみが深いが、それ以外でも数々の日用品の通信販売事業をやっている。このような会社がアメリカの支配的会社に成長したというのは、やはり現在の世界的潮流である情報通信革命を如実に反映していると言えよう。また、膨大なる個人データを所有するこれらの会社の活動に対する若い人の内部告発などがいろいろあるらしいが、それらを読んでもよく理解はできない。

世界的な企業の、組織における人の流れ、特にアメリカの激しい人の流れには驚かされる。多種多様な企業の実態を理解することは、およそ門外漢の私などには不可能だが、それでも、「日経ビジネス」や「プレジデント」などの雑誌を瞥見すると、その激しい動きに、目を見張らされる。

なかでもＡｍａｚｏｎでの人の流動性は凄まじい。「日経ビジネス」二〇二一年一〇月号(注二)によれば、アマゾンの年間売上高はオーストラリア一国の年間歳出額（四一七一億ドル）を超えるとか、研究開発投資は日本の軍事支出レベルであるというグラフが出ている。

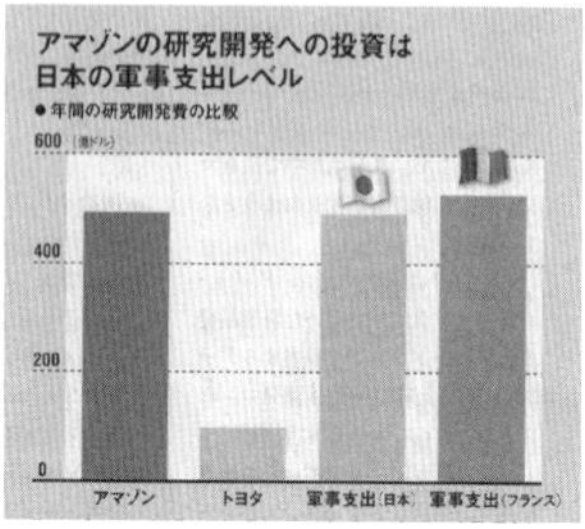

左より、アマゾン、トヨタの研究開発投資、日本とフランスの軍事支出

二〇二一年に創業者のジェフ・ベゾス氏がＣＥＯを退任し、会長になった。新ＣＥＯになったアンディ・ジャシー氏は、一九九七年に入社以後、「Ｓ（シニア）チーム」と呼ばれる側近グループの中で、とりわけベゾス氏に近かったらしいが、ベゾス氏の退任の約二年前から社外から三人の幹部を招いていた。一人はアリシア・デービス氏（黒人女性）で自動車企業ＧＭから物流管理部門のトップへ、二人目が航空機企業ボーイング幹部であったデービッド・カーボン氏でドローン宅配事業のトップへ、三人目が映画やドラマを配信する「プライム・ビデオ」のトップになったマイク・ホプキンス氏で、一七年に、米ソニー・ピクチャーズテレビジョンの会長となっていた。このようにすでに大企業の幹部である人たちの転出を促す動機は、一体何なのだろうか。元来が物流の仕事であって、長年の技術の開発というような会

社あるいは職務ではないから、移りやすいという特性があることは事実であろう。しかし、単に高額報酬の飛躍だけではあるまい。やはり、新しい仕事に対する強い魅力にひかれてのことかと思うのである。デービス氏の担当は伝統的な物流だが、ほかのドローンの宅配事業とか、映画やドラマの配信とかは、今までのＡｍａｚｏｎにない事業であるから、かなり野心的な計画であるはずだ。

Ａｍａｚｏｎは、もともと製造を手掛けていないにもかかわらず、自社にない技術やノウハウを社外から調達して目的に達するまでの時間を削減する。特にアマゾンのロボット参入にほかの同種企業は肝を冷やしているという。また、次に宇宙開発事業にも手を出して、将来約三二〇〇基の人工衛星を打ち上げ地球上のどんな場所でも高速インターネット通信を可能にするプロジェクトを立ち上げたらしい。また、エネルギー分野への進出も著しく、すでに二〇一七年にテキサス州に世界最大の風力発電所を稼働させているという。

日本ではどうだろうか。企業の拡張についていえば、例えば、テレビの民放業界はすでに古くから、完全に新聞社によって系列化されている。四チャンネルの日本テレビは読売、五チャンネルは朝日、六チャンネルは毎日、七チャンネルは日本経済、八チャンネルは産経、加えて各地方局テレビも北海道から九州、沖縄の各テレビ局まですべてこれに付属している。これは、同じ業界であって、新たな職種を加えることではない。そしてテレビ業界では、社長などはことごとく新聞社からの天下りで、もともとのテレビ育ちは重役になるケースは少ないようだ。例えば、かつて名古屋テレビは、私の友人である朝日新聞社の社会部長が社長であった。

私は会社の進出する分野を全く変えた見事な例は富士フィルムだと思う。カメラがデジタル化されて、フィルムの需要がなくなり、アメリカのコダックが倒産したのに対し、彼らはその微細加工技術を活かして、フィルム業界から医学業界に世界を変えている。医薬品事業、診療業務支援装置、画像解析装置、内視鏡システムなど、さまざまな分野に発展している。また、かつてのカメラ業界大手のオリンパスも二〇一二年に「カメラ」、「顕微鏡」、「医療」に絞り、一九年には世界の七割を占める内視鏡分野を中心にして成長分野の「医療」に絞るというような企業変革を成し遂げつつある。

一方、そういう自力で行うのではなく、製造技術のある他社の会社を吸収するのがM＆Aである。昔のように、企業内で新しい技術を開発し、それで独自の発展を遂げる、というよりも、日本でも外国でも、今やM＆A（Mergers & Acquisitions、合併と買収）による動きが急である。外の技術開発で有望な実績を挙げつつある会社を、会社ごと買収し、自分の傘下に取り入れて、自社の拡充に充てる。

自分の属する企業が、独立して発展することを期待して努力してきた多くの社員にとって、会社が単独では営業が成り立たなくなり、他社に買収されてしまう苦痛は多くの社員にとっては無念の思いであろう。しかし、一方これは、買収される企業にとっても利益と思われるから、成立するのである。それなりの収入が獲得され、従業員もそのまま労働が継続できる。より大きい組織に吸収されるから、彼らはより安心かもしれない。もちろん、吸収するほうも新しい分野のすでに技術のある会社を合併するのだから、自らが開発する必要はないし、資本の力とはいえ、いわば丸儲けともいえる。

ソフトバンクなどは、それによって、日本有数の大企業に発展したのではないか、という感じがする。元来がその名の通りバンクすなわち金貸し業であるから、資本金をどこに向けるかという判断が的確であるかどうかが死命を制するのであるから、当然とも言える。調べてみると二〇〇三年頃より当社のM&Aの動きは急で、日本テレコム、野球のダイエーホークス、イー・アクセス、アメリカのSprint Nextel Corp. Brightstar Corp. 二〇一六年、イギリスのARM Holdingsを買収、中国Arm Technologyを合弁会社化、二〇一九年、Zホールディングス発足、それがZOZOを買収、またLINEと経営統合、二〇二〇年には、アメリカのSprint Corp.とT-Mobile USの合併を果たす、といった具合である。

また、M&Aをしているのは、金融業だけではなく、ソニーや日立、パナソニックなどの製造大手も行っている。調べてみると、ソニーは一九九〇年前後にアメリカのコロンビア・ピクチャーズを約五〇〇〇億円で、映画会社MCAを約七八〇〇億円で買収している。ソニーはこれらによって身近の通信機器製造の従来の路線から、映像やエンターテインメントを主流とする会社に変身していった。日立は二〇二〇年にスイスのABBから電力システム事業を約七五〇〇億円で、二一年にはアメリカのグローバル・ロジックを約一兆円で買収、パナソニックは二一年にアメリカのブルーヨンダーを約七七〇〇億円で買収している。これらはまだ日が浅いから、成功か失敗になるのかはわからない。これに大失敗したのが東芝で、二〇〇六年にアメリカの原子力発電のウェスチングハウスを買収し、その子会社が、大赤字をもたらし、その後、不正決算もあったようで、一時期、最も利益を得ていた半導体メモリー部門や医療関係の装置製造などを手放さざるを得ないところまで追い込まれた。経営陣の判断ミスはあまりにも悲惨である。東芝の優秀なる技術者の気持ちはどうだろうか、と同情したくなる。現在の混迷の責任は全く経営首脳陣の判断ミス、外国の大規模な会社の高額買収が当初の原因となっている。

日本企業における外国人の株式取得率が上昇していて、二〇二〇年の統計では三〇%を超えたという。また、かつては、会社が依頼した総会屋が跋扈し、三〇分で終わった株主総会も様変わりしている。アクティビストと言われる、主として外国人からなる「もの言う株主」の存在で総会は紛糾したりするという。また、会社は透明性を担保するために社外取締役を増加させ、監査委員会を設置するなど、なかなか大変で、こんなことから、上場しない大会社も現れている。サントリー、YKK、NTTドコモ、竹中工務店などがそうらしい。

日本における在留外国人の数は、二〇二二年六月の出入国在留管理庁の統計によれば、中国の約七四万四〇〇〇人、ベトナム四七万六〇〇〇人、韓国四一万二〇〇〇人が上位三国である。日本の会社は、今では世界に進出していることを反映して外国従業員の人が多い企業が増えている。

海外に工場が進出している会社が多くの現地従業員を保有しているのは当然である。厚労省の二〇二二年の発表によれば、経営権を持っている外国人がいる法人数は八七ありその比率は一六％である。また東洋経済では外国人の割合が高い会社ランキングを一〇〇位まで発表している。上位は私が知らない小さな会社が多いが、大きな会社では、住友電工が九位で約二〇万人、ブリヂストンが一五位で一一万五〇〇〇人、ホンダが一九位で一六万五〇〇〇人となっている。

しかし、この統計にはなぜか出ていないが、製薬業界最大の武田薬品（二位はアステラス製薬、三位は第一三共）は約八〇の国と地域に拠点を持ち、四万七〇〇〇人の従業員を持ち、外国従業員の構成比率は八九％である。すでに二〇一一年に従業員約二万人のうち外国人が半数を超えていたようだが、一〇年の間に、外国人が九〇％近くになった。その内三九％がアメリカであり、欧州・カナダが三二％とある。売上高もアメリカが四九％、欧州・カナダが二〇・八％、日本は一七・五％である。社長は二〇一四年四月に入社し六月からCEOになったフランス人のクリストフ・ウェバーであり、世界トップ一〇に入る躍進を遂げている。本社機能は依然日本にあるが、実際の研究開発センター、ビジネスの中心地はボストンにあり、当地においての従業員数は約六七〇〇人で、最大の雇用会社になっているようだ（注三）。

社長が外国人というのは、かつて二〇〇五年、外人社長になったソニーのハワード・ストリンガーや、ルノー・日産自動車のカルロス・ゴーンが有名だったが、前者は上手くいかず、七年後に退任、後者は、一時期会社を立て直し称賛されたが、その後横領その他の罪で東京地検より起訴され、二〇一九年父の母国レバノンに逃亡した。

現在、日本の会社での外国人社長を調べてみると、武田薬品以外は三菱ケミカルＨＤのギルソン氏くらいでそう多くはない。管理職数ランキングとなるとＩＢＭの五八人、三菱重工業の三人とあるが、従業員の中の割合となると、ＩＢＭは〇・九％と決して多くない。しかし、ともかく、現在の企業のあり方は、かつての流れとはかなり違ってきた。少なくともかつてない姿の企業が多く出てきたことは確かである。

一方では、日本の旧財閥、三菱、三井、住友は、牢固たる伝統の運営を墨守している。すなわちいろいろな会社を有するこれらの大コンツェルンは、会社がそれぞれを発展させ、そのトップが集まる幹部会議で全ての基本方針が決定される。三菱における金曜会、三井総家がいまだに形式的オーナーであり、多くの会社が集う三井グループ、そしていちばん古く四〇〇年を超える歴史を持つ住友は、白水会という血判状による社長会組織があるそうだ。

三菱は岩崎弥太郎、弥之助、久弥、小弥太の兄弟親子二代にわたる、明治時代からの同族支配からスタートして、「組織の三菱」と言われる堅固な伝統、御三家と言われる三菱重工業、三菱東京ＵＦＪ銀行、三菱商事があり、東京駅丸の内周辺の三菱地所が強固な安定感の基礎となっている。三井は、一六〇〇年代、三井高利が開いた三井越後屋呉服店が元祖で、三井は三菱に比べれば、「人の三井」とも言われているが、発展途上にも外部人材の三野村利三衛門とか、中上川彦次郎が大番頭になって窮地を救った。三井家は一一家あって、強固な姻戚関係をなしているらしい。

現在では、ここも御三家といわれるのが、三井不動産、三井物産、旧三井銀行（現ＳＭＢＣ：三井住友銀行）である。三菱と似て、東京駅の日本橋側に広大な土地を有している。

住友は、一番古く、一五九〇年、別子銅山からのスタートで、今も一七代目の住友吉左衛門が当主として存在するそうである。明治維新で政府に接収されそうになり、これを防いだのが初代総理事であった広瀬宰平で中興の祖と言われ、続く二代が、堺で精錬所を新居浜沖に移転し植林事業を進めて環境事業に取り組んだ伊庭貞剛である。彼の引き際の潔さとその後の人生のあり方を、伝記作家の小島直記氏が再三賞揚している。また第二次大戦後では、関西経済連合会の会長になった日向方斉が有名だった。これらは組織上は極端な保守的体質の企業であるようだ。

アメリカでも、今や世界最大の慈善事業団体とされるロックフェラーとか、カーネギー・メロンという古くからの財団は似たようなものかもしれない。しかし、二〇二一年は、万年四位と言われた伊藤忠が、純利益、時価総額、株価の三つで総合商社のトップに立った。行商からスタートした近江商人の会社だったが、途中、瀬島龍三の重工業製品をも扱う会社への脱皮、中国大使にもなった丹羽宇一郎、小林栄三を経て、二〇一〇年より社長となって後に現会長に就任した岡藤正広の代になって、ついに上記の三政商会社を抜いたのである（注四）。このように商業の世界の競争は激しい。

しかし、多くのほかの企業では、Ｍ＆Ａが企業規模を大きくする重要な手段となっている。日本に（株）Ｍ＆Ａセンターという会社があり、そこでの調査結果がネットに出ていた。それによると、コロナ発生前の二〇一九年に、上場企業による過去最高のM&A成立件数を記録したという。日本でのM&A成立の高額ランキングによると、いずれも吃驚するほどの高額である。
一、アサヒグループHDがオーストラリア一二三社を買収で約一兆二一〇〇億円、二、ソフトバンクがLINEを約一兆一八〇〇億円、三、昭和電工が日立化成を約九六四〇億円、四、ノバルティス（スイス）がシャイアー（武田薬品傘下）を約五八〇〇億円、五、三菱商事、中部電力がEneco（オランダ）を五〇〇〇億円、六、三菱UFJ銀行、東銀リースがDVB BankSE（ドイツ）を四八〇〇億円、七、ソフトバンクがヤフーを約四五〇〇億円、といった具合である。M&Aも世界的規模であることがわかる。そして、一位は譲るものの、やはり、総額ではソフトバンクが断トツの一位であることもわかった。一方では、このところのソフトバンクの投資は失敗の連続で、もう孫正義氏の事業は大倒産になる日も近いと見る予測もあるようだ。
もっとも、全ての企業がM&Aに狂奔しているわけでもない。アメリカではかつてジャック・ウェルチが、世界最大の企業としたGEは（一時は株式時価総額が五〇〇〇億ドル、約五九兆円）、二〇一八年から社外よりCEOになったラリー・カルプが二一年、逆に三分割をする決断をした。二三年に医療機器事業を、二四年に電力再生可能エネルギー事業を切り離し、本社に残るのは航空機エンジン事業だけにするという。IBMはITインフラの構築を手がける部門をKyndrylとして分社化した。

私自身にとってはもともと縁のない世界で、外から眺めるばかりだが、このように、自由主義の国では、今後とも企業の組織形態は次々に変貌を遂げていくのだろう。

注一　自著『思いぶらぶらの探索』内、「コンピューター世界の歴史およびゲイツとジョブズ」。

注二　『日経ビジネス』二〇二一年一一月一八日号。

注三　『日経ビジネス』二〇二三年四月四日号。

注四　『文藝春秋』二〇二一年九月号、『日経ビジネス』二〇二二年四月二五日号。

国家経営の経済のわからない話

現在、私は、国家の経済について、理解混迷の事態に陥っている。これは、『文藝春秋』二〇二二年新年特別号で読んだ「激突！『矢野論文』バラマキか否か」による。これは同誌の前年一一月に矢野康治財務次官が発表した「財務次官、モノ申す「このままでは国家財政は破綻する」」の記事を巡る、小林慶一郎氏（慶応大学教授）と中野剛志氏（経産省勤務一〇年のOBで、その後京都大学で准教授、現在また経産省に復帰しているようであるが、ここでは一評論家として登場）との論争である。三人の経歴はそれぞれ異なる（注一）。

矢野氏の論文は、今や政府の赤字国債が一一六六兆円とGDPの二・二倍に達し、これは先進国でずばぬけて大きな借金をかかえている。これは、一般債務残高をGDPで割った値、財政赤字で二五六・二%、（ちなみにドイツ六八・九%、イギリス一〇三・七%、アメリカ一二七・一%）となっており、このままいけば国家財政は破綻するという財務次官としては一見極めて当然とも思われる主張である。

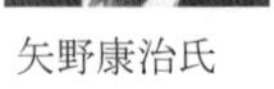

矢野康治氏

国家として歳入と歳出のプライマリーバランスを保つことは重要で、現在の突出した赤字財政は、この負担を次世代に先送りするものだとして、警告を発したと言える。これに対して、小林氏は、その論旨に賛成するとして、いわば矢野論文に対する擁護派として、論じている。彼は矢野論文のいう財政破綻とは、国の借金が膨らみ続け、日本の国債の格付けが下がり、金利が暴騰してハイパーインフレーション（急激なインフレで通貨の価値が失われること）を招くことで、その懸念は自分も共有するところだと述べている。

一方、中野氏は、財務次官がこの程度の認識であきれた、という言葉に始まり、真っ向から反対の論陣を展開しているのである。中野氏はそもそも、日本の政府が国債を発行していて、市場をコントロールしているのだから、経済破綻など、起こる可能性はないと、主張している。これはかつて私も読んだことがあるのだが、アベノミクスの指導者であったイェール大学の浜田宏一氏が、たとえ、赤字がＧＤＰの一〇〇〇％になっても構わない、という言をなしたり、雑誌『プレジデント』二〇二一年一二月号（これは矢野論文発表直後）の「バランスシートを知らない財務次官論文はフェイクニュース」という二ページの短文でこれを批判していた記事を思い出した。彼は、各国の実物資産を考えれば、日本はイギリス、オーストリア、アメリカなどより健全な、純債務の少ない国であると主張している。これは、貿易収支やサービス収支、所得収支などの対外純資産が世界一ということが関係しているようだ。

小林氏は、やがて、国債の暴落、ハイパーインフレになる危険があるので、矢野氏はそれを恐れて、この警告を発したのであろうと主張している。一方、中野氏は、そんなことは起こり得ない。その証拠に、この論文が出ても、市場は何の反応もなかったではないか、と言う。小林氏はそういう恐れがないからこそ、矢野氏は今、こういう論をなしたのであると思う、と議論は平行線である。

中野氏は、この論文が出ても、日銀が国債を買い支えているから、財政危機は起こっていない。中央銀行が通貨を創造できる存在なのだから、国債を買い支えられなくなるなんてことは起こり得ないと主張している。また、この論文には重要なインフレに関する論議がなく、これは拙いと言うのに対し、小林氏は、この点では確かにそれを端折っていますね、と同意している。

小林慶一郎氏

中野剛志氏

中野氏は、国債は将来の増税で償還しなければならないと考えるから、「将来世代へのツケ」と誤解するのであって、国債の償還は、増税でなく借款債（注二）の発行で行うべきなのですと言う。小林氏は、国債の償還が借款債でできるなら、国家運営に税は不要ということになり、全く同意できないと言う。私も、国債を無制限に増発すればよいのだったら、国の予算はいくらでも増やせることになり、それで多くの福祉予算も、防衛予算も今の何倍増でも構わないことになりかねず、全く納得できないことになると思う。
ネットで調べると、前日銀総裁の黒田東彦氏が就任した二〇一三年三月時点では、国債発行残高の日銀保有分は、一一・五五％であったが、異次元の金融緩和ということで、彼が退任した一〇年後、二〇二三年三月時点では、日銀の保有残高はどんどん上がり、五三・三四％の五七六兆円になり、過去最大となったという。一方、個人（家計部門）の金融資産残高は、この間に約一七〇〇兆円から、二〇四三兆円となっている。

実際に国債を保有している各層の内訳は、時期はややずれるが、二〇二二年一二月時点で、日銀が五四九兆円で五二・〇％、銀行が一三・〇％、保険会社が一九・一％、海外が六・五％で、家計は一・二％と出ていた。以上は、短期証券が除かれているのだが、海外は、この量が多く、約六六％を占めていて、これを含めると、一三・八％になる（ともに日銀・資金循環統計による）。

中野氏は、この議論のあと、『どうする財源』（祥伝社新書、二〇二三年）を出版した。この本を読むと、前半に貨幣に関する彼の理解、貨幣循環論をゆっくり説明している。これは、貨幣とは何かで始まり、普通信じられている商品貨幣論を否定し、貨幣を「負債」の一種と見る信用貨幣論を述べる。貨幣として流通する負債には「現金通貨」（日本では二割未満という）と「銀行預金」があり、現代の資本主義経済の内では、企業活動を支援するための民間への貸し出しが、一種の貨幣創造に当たり、これが最も重要であると言っている。これは必ずしも、現金紙幣である必要はなく一種の信用貸し出しでよい。企業がその資金で活動を行い、銀行に資金を返すことで、この貨幣は破壊される、と表現されている。こういう理解の仕方は私にとって新鮮だったが、今までの普通の理解とは異なるので、怪訝な気分になった。

これは、中央銀行と民間銀行においても成り立ち、中央銀行が国債を発行して、民間銀行がこれを購入し、そして民間銀行が資金を企業に貸し出す。中央銀行は政府の機関であり、いくらでも貨幣を創造できるから、財政赤字であるからこそ、国の経済は円滑に運営されるという。財政赤字を制限するものは、「企業の需要」でしかないと言うのだが、防衛費などは、これとほぼ独立だから、政府の方針が、防衛費強化であれば、これは一見無制限ともなるはずである。しかし、彼は増税は必要ない、という一方、それでは、国民の負担は何かというと、それは実物資源の制約で、防衛費を強化すれば、それ以外の分野での労働力や資材の供給が追い付かなくなり物価が上がる。すなわち「高インフレ」になり、国民はこの負担に耐えなければならない、と言う。

その後、MMT(Modern Monetary Theory、現代貨幣理論、)(注三)の多少の議論とともに、MMTに関しては、ここでは詳細を省くとして、興味のある人は、ご覧くださいと数冊の本を紹介し、自分の著書もこれに付け加えている。

日本でも二〇一九年にMMTがひときわ問題となったらしいが、中野氏は、これの忠実なる信奉者であると見える。この本は、新書版で一〇章で構成され二五〇ページ余りの小冊子なのだが、第六章「インフレの問題」で、MMTに関する議論がやや詳しくされている。このMMT理論というのは、すでに述べた貨幣循環論の考えに基づいているらしい。あまり深く知りたいとも思わないので、ネットでちょっと調べてみたところ、以下のことのようだ。

その主張は三つにまとめられる。一、政府は自国通貨を発行できるから債務不履行になることはない。二、財政赤字でも国はインフレが起きない範囲で支出を行うべきである。三、税は財源でなく通貨を流通させる仕組みである。この三番目の考えは、従来の「税は国を運営させるための国民の負担である」、という考えと著しく異なると言うべきであろう。

そして、このMMTに対して、日本では夥しい議論がなされていて、専門家の間でも、まだ結論が出ていないようだ。日本はこれに対しての、格好の実験が進行中というのが、事実らしい。

第八章で「矢野論文の衝撃」として、すでに述べた、矢野論文や小林氏との討論の経緯が記述されている。そして、改めて矢野氏は資本主義の経済を何も理解していないと非難している。

第九章では、その財政政策の根拠は、財政法第四条（国の歳出は、公債または借入金以外の収入をもって、その財源としなければならない。但し、国会の議決を経た範囲内で、公債を発行し又は借入金をなすことができる）にあるとし、そのようなことにこだわる日本の財政政策はガラパゴス状態であるとしている。終章の第一〇章では、この規則は、第二次大戦で、日本は国債発行による軍事費膨張が悲惨な戦禍を招いた、という歴史の認識があったためなのだが、しかし、彼は、現在の貨幣理論を考えれば、その考えは全く間違いで、財務省は、自己の保身のために、「財政健全化」を主張しているように見えるとまで述べて、かなり誹謗まじりの文章になってしまっている。感情的な議論となっているので、ここは、詳細に記述する気もなくなってしまった。

もっともこういう議論は、学者や評論家が喧しく議論しているが、彼らは実際に経済を動かしている企業家でもなく、金融を司る日銀関係者や財務官僚のような国家の経済の責任者でもない。言ってみれば、実態の解釈をして批評しているだけである。その意味で、その解釈がいろいろあっても、現実をすぐ動かすわけでもない。財務官僚のほうは、矢野氏のように、守りの姿勢で頑張っているのだから、そんなに赤字財政を無制限に増やすこともなかろうと、気楽な議論をしているとも言える。

一方、前日銀総裁の黒田氏は、ネットによれば、二〇一九年の衆議院財務金融委員会で「日本の財政・金融政策運営がＭＭＴを裏付けているということは全くない。財政赤字を中央銀行の国債購入で賄えば急激な物価上昇を招く」と発言したという。そして後任の現総裁、植田和男氏も、今までの方針を是認し、同様な緩やかな金融緩和を継続して行く方針とのことである。

はたして、日本はこのままいくと、財政破綻が起こるのであろうか。それとも、将来、ＧＤＰ比で一〇〇〇％の債券が積み上がるまで、財政が膨張し、それでも国家は、大過なく運営されるのであろうか。それとも、社会が大混乱するのであろうか。そしてそれはいつのことであろうか。この問題は、日本の国家としての経済運営に関する非常に重大な問題であると思う。

注一　矢野氏は一橋大学経済学部卒業。画に書いたような役人人生だが、二一年七月、一橋大学出身初の財務次官となり、二二年六月次官退任、現在財務省顧問である。小林氏は東大工学部数理工学科の修士過程後、シカゴ大学で経済学の博士を取得している。中野氏は東大教養学部国際関係論出身であり、通産省入省後、エディンバラ大学で、政治思想を学び博士となっている。小林氏は学者的で終始冷静、あるいはそれに務めているように見えるが、中野氏は評論家的であって、幾冊かの著書を発表したジャーナリストでもあり、かなり他人に対する攻撃的な議論を展開している。

注二　過去に発行した国債や地方債の償還資金の調達のために、新たに発行される債権。特別会計に計上されるという。私はこれでは、名前を変えるだけと思うのだが、よくわかっていない。

注三　もともと、ポスト・ケインジアンの流れの中で、九〇年代半ばからアメリカで発展したもので、政府に通貨発行権があれば、通貨発行で支出を賄える。だから政府が自国通貨財源の不足や枯渇に直面することは、あり得ない、と主張するものとのこと。最近の主張者の中には、ニューヨーク州立大教授のステファニー・ケルトン氏のように、「日本では非常なる赤字財政であっても、インフレーションは起こっていない。日本の景気が良くならないのは、インフレを恐れすぎて財政支出を中途半端にしてきたからだ」と論じているという。
その後、私も幾つかの本を読んで、ＭＭＴを論じている部分を見ると、否定的見解を持つ人々のほうがはるかに多いようだ。

第三章　読書、音楽、芸能

読書人、福原麟太郎の随想

小島直記氏の数冊の随想を読んでいる中に、英文学者、福原麟太郎の著作は「心を洗う本」であるとの表現があり、彼の随筆からの文章が載っていて読書に関する引用が多かった。私もそれらを読んで感心し「福原麟太郎著作集・全一二巻」（研究社）のうち興味のありそうな四冊を図書館で借りてきた。彼の名は前から知っていて、温厚な人との印象があったが、彼の本をまとめて読むのは初めてだった。彼は一八九四年生まれ、一九八一年に八六歳で死去していて、もうほとんど読まれることもない本らしく、図書館の閉架にあったので係員に取ってきてもらった。最初に手に取ったのが第六巻で「随筆Ⅱ 身辺」と題されていて、福原氏の伝記になる関連の文章を集めたものであった。

福原麟太郎氏

読んでみると、彼は広島県福山の近郊、塩田の盛んだった松永市で、商店の子として育った。家は、油屋、肥料屋と変わったようだ。江戸時代の藩校、誠之館を継いだ福山中学（現福山高校）の頃から町の図書館によく通ったりして、キーツ、ツルゲーネフなどの外国の文学書を読んだらしい。文部大臣森戸辰男は五年先輩、作家井伏鱒二は後輩とある。そして、その後上京し、高等師範（後の東京文理大、東京教育大、現在の筑波大の前身）に入学。ここで親しくなったのが、同年の畠山恒君とあったので、私はちょっと吃驚した。妻の祖父は畠山健といって国学院大学の創立者の一人で、恒（ひさし）氏はその長男、私の妻園子の母穆子の兄であるからである。

「この恒君が、私にとって東京というものへの開眼の役をしてくれました。……畠山健教授未亡人すなわち恒くんや勤子（穆子の妹）のお母様がいらっしゃったわけですが、遠い国から来た私を、いろいろ、いたわってくださいました」とある。福原氏は英語科で、恒氏は博物科とあるが、同じ寄宿舎で、最初に親しくなったらしい。ちなみに、恒氏は府立四中（現戸山高校）卒で、その後高校の生物の教師になっている。私は恒氏と会ったことはないが、もちろん、妻はよく知っていたそうだ。その後、私は「畠山いとこ会」という妻の親戚の交流会で息子の馨（かおる 彼も教師）夫妻とは会っている。

第一次世界大戦の終わる前の年、そこを卒業し、半年後、静岡中学に就職したが、半年で母校に呼び戻され、以後ずっと定年までそこの英文学の大学教師であった。ネットで調べると、二七歳で助教授、四五歳で教授、東京教育大を定年になってからは、共立女子大学、そして中央大学教授となっている。戦後すぐの一九四六年～五三年には日本英文学会の会長である。

途中、三四歳頃（昭和三年）、イギリスに行き（マルセーユまで船旅、あとはドーバー海峡を除き陸路）二年ほど留学している。このように、大学人としてまことに波乱のない淡々とした人生を送り、特に有名になった作品があることもなかったようなので、私にとっても非常に地味な印象を受けていたに過ぎなかった。

この本の「高等師範学校」という文では、文学的才能を持っていた優秀な生徒がいたのだが、卒業すると、本業は教師であるという意識があったのか、いつのまにか忠実な中学（高校）教師になってしまう。また、卒業すると中流の月給を支給されるので、文士によくある貧乏に鍛えられてということもなく、いつのまにか凡人になってしまう、と彼は書いている。確かに東京教育大学は、私の若い頃も文系の国立大学としては、有数の大学であったが、卒業生で、文学者や、社会評論家、ジャーナリズムで名を挙げた人というのは思いつかない。

「夏帽子」では、イギリスでの生活（ロンドン大学とケンブリッジ大学）が書かれているが、それまで日本では、大正デモクラシーの流れでプロレタリア文学にあわただしく追われていた雰囲気だったのが、ロンドンではそんなことは一切なく、英文学に没頭できたという気持ちが書かれている。ここは、私も三〇歳後半にアメリカにいた時、日本のごたごたしたニュースに全く煩わされることもなく研究に没頭できたことを思い出した。

以下、氏の書かれた文章は鍵括弧で示すことにして、感じたことをまとめてみたい。

「この世に生きること（その一、二、三）」（計六二ページ）は昭和二七年に書かれているから、五八歳頃の文である。ここには、氏の過ぎし日に対するさまざまな思いが、書かれている。「私のは自叙伝というのでもないが、比較的新しい昔のことから書き始めることにした」とある。

「よく、社会のために、何かよい仕事をして死にたいとか、何か後世のためになる書物を書いて置きたいという人があると、つまらん名誉心だなと考えたこともあった。良い評論を書いて、名を残したいという友達があると、なに、評論なんか残ったってしょうがないじゃないか、とはね返した。……私はすべて、人間のいとなみの永久性にたいして懐疑的であった。何かしら虚無的でもあったのであろうか。しかし今はだんだん人生に対して真面目になってきたようだ。私もせめて、人間の文化に加えるものを一つくらいこしらえて置けばよかったという気がしないでもない。……出来るだけ愚直にというのが、近頃のモットーである。……私は何かしら無性に自分の考えを述べてみたかった。だから翻訳ということを軽蔑していた。しょせん、他人のものじゃないかという考えがあったのである。そして近頃は、自分の著書と称するものを並べてみて、要するに、碌でもない感想、批評、紹介ばかりであるのを見ると、つまらなく一生を費やしたという感が深い。むしろ、グレイでもラムでもチョンソンでも、しっかり訳して置けば、せめて人様の便益にもなったろうものをと、ひどく殊勝な気持ちになる」

「おそろしく愚直な奴だと、自分で、自分を顧みることもあるのだ。そしてそのような自分が最もあわれで、最も本当で、最もらくであると、そこを楽しむところもある。そして、そんなことをしていても、どうにか勤まる職業が教師なのだ」

「誠実ということなのだ。また愚直説にもどるようだが、誠実ということを信仰している点で私はひそかに人後に落ちないと思っている」と書いている。

「ちかごろは友人が死にはじめた。……人間は死ぬものだ。死の足音はもう聞えて来ているのだと思うと、あとは、しみじみと暮したい、わが生命を心ゆくまで楽しむ日に恵まれたいと願う。

……人間は死ぬものだ。もうそろそろ、その頃になったらしい。どうもごくろう様でした、というところ」

「どうも、よく生きることがいちばん立派なようである。四十を過ぎてからの人は自分の面相に責任を持つべきだ、といった西洋人がいるらしいが、誠に賛成である」

氏の若い時の好みは、私の全く知らない一八世紀のトマス・グレイの詩(妻に話したら、彼女は英文科卒なので、英詩は好きだったらしく、その詩を思い出したと言っていた)とか、私も読んだ『エリア随筆』の作者チャールズ・ラムの作品であったらしい。著書はなんと二〇〇冊くらいあるらしいが、ネットで調べると『トマス・グレイ研究抄』と『チャールズ・ラム伝』で二度にわたって読売文学賞受賞とあった。私は英文学というと、シェイクスピア、ディケンズ、オースティン、ブロンテ姉妹、ワーズワース、コナン・ドイル、D・H・ローレンス、ジェームズ・ヒルトン等の、しかもそれぞれ代表作といえるものを勝手気侭に、当然のことながら、すべて翻訳されたものを読んだり、さもなければ、たまたま映画化されたものを見たという程度に過ぎない。

福原氏の話には、一九世紀の詩人、ロバート・ブラウニングの話が何度か出てくる。ブラウニングというと、上田敏の名訳「海潮音」での「春は朝(あした)」の詩(「時は春　日は朝、……神、そらに知ろしめす　すべて世は事も無し」)を思い出すが、調べてみると、これはイタリアの「Pippa Passes」という物語で、織物工ピッパが歌いながら通る、といったものでこの作品の中に出てくる詩とあった。氏にとってのブラウニングの印象的な作品は「アンドレア・デル・サルト」という独白詩だという。私は全く知らない。もちろん、それ以外にも、私の知らない文学の話がいろいろ出てくる。

戦後数年して福原氏は中野区野方に居を構えた。その頃の野方は武蔵野の面影が残り、藁屋根の家もあり田畑もあったらしいが、一〇年くらいしてそれらはことごとく消えたという。「野方の里」の章題で、定年までのさまざまな思いが、一五〇ページにわたって採録されている。そのあと「命なりけり」が六四ページとなって終わっている。その野方の家で、子供もいなかったようで、しばしば彼を慕う学生たちが集ったり、知人と歓談したりという生活を送ったようだ。

続いて読んだのは「著作集第七巻」で「随筆Ⅲ 人生・読書」であった。まず「人生の智恵」、「私の平和運動」とあり、そのあとに待望の「読書の生活」があったので、それを読んだ。これには「わが読書」、「読書論」、「私の読書遍歴」、「新春に読みたい本」を始めとして、一五節の文章が並んでいる。執筆時をみると、昭和二四年から三七年であるから五〇歳代半ばから六〇歳代後半に至る円熟期のものと言ってよいだろう。最初の「わが読書」では若き日の体験として、「田舎育ちであったから私は読書家ではなかった」ということから始まっている。少年時代に読んだ思い出の本が数冊載っているが、いずれも私の知らない本であった。近頃は雑誌や人から恵まれる知友・先輩の著書くらいしか見ていないという。近年、特に伝記を読むのが好ましくなった。こんな気楽な姿勢で、読書論を展開している。

「伝記を好むというのも、その人生記録の面白さなのだ。歳とともに、人生という奴は、むづかしく、変てこなもの、苦労というのが人生なのだという感懐を持つようになったからで、ひとはどのように生きたろうというところに最後の興味はあるのである」と。

中学（現在の高校）の頃に読んだものとして、徳富蘆花の「自然と人生」や、「思い出の記」、高山樗牛の「滝口入道」を挙げている。また島崎藤村の詩、土井晩翠の「星落秋風五丈原」、北原白秋「邪宗門」、小説は「不如帰」、「金色夜叉」などで、とんと英雄崇拝的向上心とは無縁であったと書いている。また「坊ちゃん」、「吾輩は猫である」はよろしかった、朝日新聞で「三四郎」、「それから」、「門」、「彼岸過迄」で中学生は終わったと言う。

「二十歳から三十歳までの間の読書が、大体その人の思想と、文学的嗜好とを決定するものである……私は不幸にして、この間に読んだ本の記憶が甚だ薄い」、「誰でも読んだ「三太郎の日記」とか「善の研究」とかいうもののほか、はなはだ怪しい。その頃はオイケン、ベルグソンが流行した。それらの哲学書も、和訳でも英訳でも幾つか読んだが、大して感激した記憶はない。日本の小説家で、愛読したのは、やはりその頃の新人たちであり、つまり、久米、芥川、菊池というような新進で、谷崎、武者小路、志賀、特に宇野浩二はおそらく全部読んでいた。有島、里見は読まなかったし、鷗外も読まず、今日も小説には感心しない。その作のほとんど全部に通じているのは阿部知二、伊藤整氏くらいである。……外国の文学は英文学を除いて、トルストイ、アンドレエフ、チェホフ、ダヌンチョ、イプセン、マーテルリンク、アナトール・フランスなどであったろうか。……そういうものは私は英学生だから英語訳で読んだ。それは速度ののろさと英語的雰囲気とを意味するものであった。そしてそれは今日まで、大陸文学を和訳本で読む勇気をそぐ力になっている。その点私は不幸である。神西清氏のプーシキンの訳を一読して、こんな良い訳本が日本にもあったのかと驚いたのが、やっと去年なのだから、その不幸や誠に憐れむべきものであった。

三十歳以後、何を読んだか、これは、その前の十年以上に忘れている。多分、いわゆる読書をしないで、職業上必要な本ばかり読んでいたのであろう。……四十歳を過ぎると、じきイタリアがエチオピアと戦争をはじめ、日本もまた似たようなことになって落ち着くひまもない間に、時々徹夜をして学校の講義を書いたりしていたから、ますます読書しなくなったと思う。それから五十歳になって、今年で六年目だが、どうも何を読んだかと言われれば、ただ頭をかくよりほかはない。要するに雑読をしてきたのである。……しばしば空襲で妨げられたが、あの頃が、今から思うと、五十歳以後、最も楽しかったような気がする」と。そんなはなはだ控えめのことを言っているのだが、やはり彼は人並み以上によく本を読み、よく考えていることが、にじみ出ている。

次の「読書論」では、

「本を読む事を商売としているものが、読書について何か言っても、一般の世間にはあまり参考にはならないだろう。しかし、本を読むと言うことはなかなか大変で、実際は紙背に徹して読むことであるし、また、考えるということである。読書と実践ということでは、重要なことは、読の、考える、行なう、の三点だ」とある。「読書の専門家同士が直接自分たちの間で興味を持つのは、それよりもっと微細なことがらで、すなわち方法論になる。これは一般読者にとってはつまらない仕事場のことである。……私はたまに、新聞雑誌で、小説月評など頼まれるが、僕は小説家たちの番人ではないと言って大体は断る。断れなくて書く時は、一般の読者として、ということにする。小説では、その小説家の事とか、何らかの予備知識があるのも正しい読み方ではあるまい。一個の独立した書物として本を取り上げるのがよい。既成概念で、著書に近づくことには反対である。……本当のところ私はあまり本を読まない方らしい。しかし、本を読むのは好きである」という具合である。

「読書の愉しみ」では、

「ねる前まで読んでいて、あとは明日にしようと、残り惜くも本を閉じ、あしたの朝を待つ心持で枕につくとか、外から家へ帰って来る時、帰ったら、あの本にすぐ取りつこうぜと心に思いながら、電車に乗っている、というようなことは、決して無くはない。私自身の経験にも、そのような時代があった。今から思うと、どんなに貧乏でも、どんなに辛いことがあっても、そういう時にその人は幸福なのである。小説、詩歌の本に限らない。無味乾燥と思える学問の書でも、そういう楽しい執着をもって、がむしゃらに読めるものである。読書の愉しみというのはそれだ。それは生きることと共に愉しみというものではないだろうか」

「日向の読書」では、

「平田禿木先生が、長い間の座業のせいでか、晩年だんだん、歩くことが不自由になられ、外出も少なくなって、……旅行記をこのんで、地図を並べて、その行程を想像することを喜んでいられた心持が、今になって解る。私もこの頃、人の旅行記を読んでは、何かというと、地図をだして見るようになった」

「読書ということ」では、

「読書の法、読書の楽しみ、読書の利益など、読書について一般的に書くべきことは多いのだが、読書の法などいうものは、だれもよく知らないのではないか。知っていると思っていても、読書の年を重ねてゆくにしたがって、きのうよりもきょうのほうが、その法についてさえ賢くなっていることを感じ、断定的なことはいえないと思うのが普通ではあるまいか。シェイクスピアの『お気に召すまま』という脚本の中に「ひとはこうして毎日々々賢くなっていく」というセリフがあるが、人間は読書についてにかぎらず、毎日々々賢くなっているものだ。だから、ここに述べることは、たいして読書家でもないわたしが、わたしはこんなふうに本を読んできましたがね、という一人の老人の述懐にすぎない。ただ、よいことには、わたしが決して天才でなく、秀才とすらいえない種類の、いわば、かわいそうだが、ひとりの凡庸にすぎないということだ。というのは、だいたい普通の人のすることを、わたしもして来たらしいから、その意味において、いわゆる一般読者の参考になるかもしれないというわけである」

「わたしは、人間的な愛情を以って書かれた本だとか、ひたすらに自分をみつめて真実を語ろうとする本だとか、そういう本が好きだ」

「書物と人生」では、

「心をむなしくして読むことが、読書の楽しみを増すのである。どんな必要のために、どんな忙しさの最中で読むにしても、その時に心を空しくして読めるというのが、読書の最上の心得であり、修練と言えるであろう」

「実際、本を読むというのは、単なる知識を求めてでない限り、著者と話しあっていることなのである。おや、そんなことがあるのですか。ああ、君はそう思うのか、などと問答しながら読むから楽しいのである。詩歌小説の場合には、そのうちに、作者の作ってくれた世界にわれを忘れて入って行く、その忘我の境は音楽の美しさを持っている。思えば、読書というのはぜいたくな話だ。新しいまたは古くからの友人や先生が、いつでも傍らにいてくれ、私の知らぬ創造の世界を開いてみせてくれる。しかも彼等は決して死なないのだ」

その他「著作集第十一巻」は「イギリス人」とあり、氏の専門である「英国の文化」、「イギリス的ということ」、「東と西」、「イギリスに関する六章」、「新しい英国」、「英国の記憶」、「十八世紀の書店」、「ヴィクトリア女王の長い治世」とすべてイギリスのことが多面的に書いてある。氏が初めてイギリスに行ったのは、記述のごとく昭和三年から、二年間在外研究員としてロンドンに滞在した時だが、「著作集第五巻」は「随筆I 旅・人」と題されており、それを読むと、その時は、フランス、イタリア、ギリシャ、スペイン、ポルトガル、ハンガリーなど外国も旅行したようである。帰りはアメリカ（ニューヨーク、ボストン等の見物）を経由して帰国している。また、昭和一二年頃か、夏休みにヨーロッパに出かけて、オランダ、ドイツなど、あちらこちらの国を旅行したようである。

その後は、戦後になって、昭和二八年に、イギリス政府の招待で訪れるが、これは五八歳の時とある。その時は、自分の教え子が、ロンドンで新聞社の特派員とか、英文講師をしていて、すっかり彼等の世話になった、というようなことが書かれてあった。

この第五巻には、氏と交流のあったいろいろな人のことが書いてあり、氏が尊敬して師事した日本人は、高等師範の教授であった岡倉由三郎氏（岡倉天心の弟）と平田禿木氏であったという。それ以外にも多くの世話になり時に指導されたというイギリス人のことが、追憶されている。

この巻で、読んでいて特に面白かったのは「英語教師の挑戦」という一四ページの文章であった。その特徴を述べるためにそのほんの一部を載せてみる。

「英語教師は、いつでも、夏目漱石に挑戦している。……私どもの世代が夏目漱石に挑戦したとすれば、その次の世代は芥川龍之介に挑戦したのであろうか。もっと若い世代の人々は、中野好夫、阿部知二、または木下順二、福田恒存。そういう挑戦される人たちの思想や業績には、どこかにその人達を育てた英語英文学の匂いが残っている。親近感があって、他人ではないという気がする。……伊藤整氏や吉田健一氏なども、そういう挑戦を受ける人の位置にあるのではないか。英文学でもやってみようという学生は一応文学青年なのだ。……英語教師は、元気なときは、漱石その他に挑戦しているけれども、顧みて自分は何であるかと思うと悲しくなるものだ。そして、文学的名声の中にいる人達を思うと、一はもって自らを慰め、一は、わが才能の短かさを歎じるのである。……不幸にして、日本人は、特に英語教師は、自分の胸に向ってうそがつけない。大学教授になったが、大学教授らしい仕事は、なかなかできないことをよく知っている。そして、やはり、何だか淋しいのである」と。

こんなところに、福原氏のあまりある誠実性が表れている。

「英語というのは、物理学とか、倫理学という学問的体系をなしていない稽古事だから、深遠なる学理を包蔵していなかろうという一般の想像、「英語をぺらぺらしゃべる」などと連想がわるいとも言える。私などは、英語というものは、ぺらぺら喋舌るものではないと考えている」

「英語がうまいなどというのは、要するに真似がうまいことなので、外国語学修の要点は、徹頭徹尾、真似することなのである。だから独創性を必要としない。模倣性だけあれば十分である。しかし、それは、ぺらぺらしゃべったりするのを喜ぶくらいの時期までのことで、ずっと先へ行くと、独創性が無くては英語ものにならないのだが、稽古事の常として、とにかく真似から始まる。そこで英語教師は、独創性を持っていないとされる。これが英語教師のくやしいところだ」

「私などは、その上に、英語がよく読めないから、自分では、何かの届け書の職業欄へも英語教師とかくくせに、人から英語の先生ですか、と言われると、ぎくっとする。というのは、何も、軽侮を感じるからではない。先生と呼ばれながら、その英語がなかなか読めないことを恥じるからである」

「小川和夫、荒正人などという名が浮かんでくる。この人たちは、英語英文学の教養の上に立って、日本の文化のために働いている人たちである。これまた、われわれの代表者であり、われわれの花野であるが、そういう人達のことを考えると、すこしは心が安まってくるではないか。そのうしろに厳然として控えているのは、長谷川如是閑翁である。こないだラヂオで、二十世紀の遺言というプログラムに出た翁は、はなはだ健全かつ愉快であった。ドイツやソヴィエトの思想が、大きらいである。日本の失敗は、英米流の経験主義、現実主義を捨てて、ドイツ流の抽象思想に走ったからである。ええ、そうです。あれは英米流にやらなかったから、とりかえしのつかんことになったのですと、めちゃくちゃに英米流である。英語教師は、そういう自信に到達することもできる。そうでなくてもかまわない。しかし、うるわしい一例ではないか」

この文章は、一九五八年、『別冊文芸春秋』に書かれていて、氏が日本英文学会会長になって一二年後のことであるからちょっと吃驚する。氏の、世間からの評価とは別次元の、内からの真摯なる人生態度を如実に表していると思った。

氏は一九六四年、日本芸術院会員、六八年に文化功労者に選ばれている。

一冊が約五〇〇ページ余りで、書き出すときりがないのであるが、ともかく氏の文章を読んでいて強く感じるのは、全く力みがなく、謙虚な姿勢を崩さず、上品であることである。これは、氏の本来の性格なのであろうが、いわば、学者としての育ちのよさともいえて、無理のない人生を送ったからかなとも感じられる。

私は全く逆で、常に余裕なく力不足、就職にも人並み以上に苦労し、専門分野もいろいろ変わるという紆余曲折を経験した。自分が本当に落ち着いたのは、なりゆきで国立研究所であった放射線医学総合研究所に就職することがほぼ決まった四〇歳代半ばの時だった（注一）。

私は、小島直記氏が福原氏の書いたものは「心を洗う本」と言った意味が、読んでみて、よくわかる。小島氏も奮闘の人生であった。父を早く亡くし、母一人子一人の生活、四〇歳代でようやくサラリーマンから筆一本で独立し、七〇歳代で、二度の異なる癌で長期入院を余儀なくされた時は「自分の人生は失敗であった」とひどく落ち込んだと書いてある（注二）。幸いにして、その後、彼は回復して、著作を重ね、八九歳まで生きた。

そういう人にとっては、福原氏が書いた文章は、実に心が安まるのであろうと思う。私も、穏やかな気持ちで、氏の本を味わうことができた。これは、どちらの人生が優れていたか、とか、良かった、悪かったという問題ではない。人の人生は実にいろいろだなあ、とつくづく思う。

注一　自著『折々の断章』参照。

注二　小島直記著『人生まだ七十の坂』。

山崎正和氏を悼んで

二〇二〇年八月に評論家山崎正和氏が八六歳で亡くなった（一九三四年生まれ）。山崎氏は私の好きな評論家であっただけに一抹の感慨を持った。

私が最初に彼の本に興味を持ったのは、彼の最初に評判となった一九八四年出版の『柔らかい個人主義の誕生』（中央公論社）を読んだ時で、もう三七〜三八年前である。私は、この本の新しい感覚になんとなく惹かれて自著『志気　人生・社会に向かう思索の読書を辿る』で取り上げた（注一）。この時の理解はそこでいろいろ記述しているので、詳しくは繰り返さないが、要は社会の高度成長で人々が生産より消費に、また対人関係の社交に楽しみを見出し、ものの獲得より時間をいかに過ごすか、ということに関心が移りつつあるという指摘が新鮮であった。そしてこの傾向はその後もどんどん広がってきたという意味で極めて先見性のあるものだったと思う。彼のもともとの専門である美術史、室町時代からの世阿弥の能や、歌舞伎の舞台など町人の楽しむ芸ごとなどの歴史的展開が、日本人の生活感覚に革新的であったという分析は、よく知らなかったのでそういう見方もあるのかと思った程度だったが、私にとっては現在の社会をどう捉えるかについて、なかなか感覚の鋭い人だなと思ったので、その後も随分彼の本を読んだ。

その六年後に出版された『日本文化と個人主義』（中央公論社）については自著『折々の断章　物理学研究者の、人生を綴るエッセイ』で堺屋太一氏との比較で山崎氏の特質を論じた（注二）。同じ社会批評家であっても、堺屋氏は実際に社会の問題を現実に解決するべき方策を提示しようとし、一時期政府の大臣を務め実績もあげたのに反し、ずっと大学人として過ごし実行家でない山崎氏は、社会を複雑なものとみなし、どこまでもそれを精緻に分析しようとする。ここで、私はリチャード・E・ニスベットの『木を見る西洋人　森を見る東洋人』（ダイヤモンド社、二〇〇四年）という東西文化の比較論にも触れた。

山崎正和氏

その後、ここ数年の間にも、図書館に行って彼の著作は借り出して楽しみながらよく読んだ。いずれも知的に刺激的な評論に満ちていて面白かった。これらには、『二十一世紀の遠景』（潮出版社、二〇〇二年四月）、『アメリカ一極体制をどう受け入れるか』（中央公論新社、二〇〇三年一二月）、『大停滞の時代を超えて』（中公叢書、二〇一三年七月）がある。

以下、私が読んだこれらの本について記し、感じたことを述べてみたい。

『二十一世紀の遠景』は、公明党の機関紙「公明新聞」に二〇〇〇年七月〜二〇〇二年一月まで、七七回にわたって口述記事を連載した「世紀から世紀へ」に加筆・訂正したものとされ、総計三六〇ページで、二一世紀に入ってすぐの、彼の世界情勢についての把握が述べられている。第一章「揺らぐ国民国家」、第二章「俯瞰・世界地図」、第三章「同時代を読み解く」、第四章「二〇〇一年からの旅立ち」となっている。

二冊目の『アメリカ一極体制をどう受け入れるか』の出版は一冊目の直ぐ一年八カ月後であるが、実際は二〇〇〇年八月から二〇〇三年一一月の間に新聞や雑誌に掲載されたもの二六編（四ページから二〇ページくらいまでの小論の集積）でほぼ同時期なので、共通の論調も多く、ここでは一冊目を基調にして二冊目の議論を随意入れて、彼の主張や論議、また感想などを交えて述べてみたい。

山崎氏は、政治的には穏健な保守派と言われていたようだが、これらの本では、今世紀当初におけるさまざまな社会問題に対する彼の総括的な考えが述べられていて、面白かった。

『二十一世紀の遠景』の第一章は、フランス革命の頃から、各民族は国民国家を建設していったが、現在、これを揺るがす二つの動きがあるとする。その一つは、市場のグローバリゼーションによる、特に情報ネットワークの拡大によって国家主権が制限されてきていること、二つ目は「人権」という概念が、国家を超える普遍的な共通理念として、広がり始め、これが国連などの組織から、国家を超える運動として国家主権をも揺るがすことになっている。現在、世界中で国連に加盟している国は二〇〇を超えているが、両者の存在は国家としての独立性が侵食され、相互に密接に結び合っているという。

国家が国民を管理するために税金を徴収することは、当然として認められているのだが、過度の徴収をすれば、企業は海外に拠点を移すとか、富裕層は国外に資産を移す。第二の事象の典型は冷戦終結後、ユーゴのコソボ紛争でＮＡＴＯ軍が人権擁護を旗印にして連邦の首都を爆撃することも起こった。国連に人権擁護のための高等弁務官が任命され、各国の人権を監視している。

彼は、国民国家が激突した第一次世界大戦、それ以後を簡単に述べているが、戦後に敗戦で膨大な額の賠償金をとられ経済が疲弊し失業者が急増したドイツでは、大衆が目覚め、そこに「妬み」の感情が生れ、それは自分より優雅な生活をしている人たちに対する反感で、それがユダヤ人に対して向けられた、それがヒットラーを生み国民の共感を得たとしている。またこのような権力者のとる手段はいつも支配構造の「中抜き」であり、ナンバー2の人間を抹殺することにより、権力を絶対化するという手法をとる。ヒットラーにおける突撃隊長のレーム、スターリンにおけるトロツキー、毛沢東における劉少奇、林彪であったと述べる。私はこれは一つの解釈に過ぎないと思うが、彼の分析は常に、人々の心理からスタートしてものごとを考える、という点で、ある一定の説得力を持っているとも思う。

これらの全体主義が「民族の血」を叫び、第二次世界大戦でそれらがぶつかったのだが、アメリカは、元来多民族社会である点で異なっていた。もっとも当時は白人至上主義のいわゆるＷＡＳＰ（White Angro- Saxon Protestant）の国であって、その後も長い間、黒人の公民権運動とか差別反対闘争は続いたわけであるが、最近ようやく異質なものは異質なものとして認めあう「多文化、多民族国家」の様相を示してきた。

もはや国家間の戦争は、核武装によってできなくなり、小さな地域での戦闘のみが続いている。

しかし、国民国家の役割が小さくなったといっても、「富の再配分」を始め、国土と国民を管理する有効な手段として、また治安を保ったための警察や防衛の機能は必要だから、国家がなくなることはないし、必要だと平凡な結論になっている。

二冊目で、彼は「国家同盟の新しい意味」と題して、一九九〇年が冷戦終了の分水嶺となって、国民国家の時代から「グローバル化」の新しい段階に入ったと述べている。

これ以外には、彼は、間接民主主義は今後もこれよりいい民主主義の方法は見つからないだろうと主張している。これには、二冊目の中の「ポピュリズムの構造と生理」という記事で、一人一票の投票制度でしかないこの制度に伴う人々の不満、その制度の中で人々を巧みに惹きつけようとする政治家の行動の数々、ポピュリズムの歴史とか、それに乗じた例えばイタリアのファシズムやドイツのナチズム、またそれに協調しがちなジャーナリズムの軽薄さなど、人間の根源的欲望にまで遡った優れた論考がある。また、マルクス主義のような歴史の法則性などというものはないと主張している。

第二章は、「アメリカ」、「ヨーロッパ」。「アジア」と分かれている。

彼はいろいろ各々の国の特質、歴史的展開などを、彼独特の筆致で述べている。端的に結論だけを言えば、現在の世界情勢は、アメリカの世紀であって、この超大軍事力に対抗できる国は出てこないであろうとか、ヨーロッパは知識人エリートの活動、政治家のこれに沿った活動でEUによって再生する努力を続けているが、NATOの実質的な中心はアメリカだから軍事的独立性はなく、第二極ではあり得ず、日本と同じくアメリカを支持しながら牽制し、その強大な力を正しく導くことに尽きるであろうと書いている。また、山崎氏はヨーロッパにとって、重い課題はロシアの存在で、民主主義を一度も経験せず、軍拡競争で敗れた結果、ソ連は崩壊したとしても、生活が苦しくなると民衆は強い指導者を欲しがるという体質を持った非民主的な体質の国が、今後どうなるかは気になるという。

私は、現在、イギリスがEUから離脱し、また国民の勤勉性が北国と南の国ではかなり違いそれが経済的に大きな格差となっているので、今後ともEUが継続していくかどうかは予断を許さないのではないかと思っている。

アジアについては、山崎氏は、この地域は旧冷戦型の対立が今なお残っている唯一の地域となっているとし、人権より国権が優先される中国が今後どう変化していくかが焦点である、と記している。この時点では習近平が出てくる前で、経済の自由化や、文化交流が進み、山崎氏は体制変化について楽観的ではあるが、その後、習が終身独裁者となりうる法改正も行われている現在、事態は予測を許さない。

これらは、約二〇年前の理解であるから幾ばくかの差異はある。またイスラム世界が対象から抜け落ちている。しかし、多くの議題について、日本人の平均的国際感覚と同じで、また私が第三者の目を通して、自らの考えていることを、確認し、あるいは異論を批判的に理解する一助になった感がする。

第三章は、五つの主題が取り扱われている。その中で、私が印象的だった文章を出してみよう。

「人権の世紀」:「民主主義と自由経済に基づく、この「顔のない」自由社会の運営の仕方は、政治においても市場においても、それは最終目標のない「試行錯誤の連続」と見ることができます。……人権というものを前提にしなければ、民主主義も自由経済市場も成り立たない」

これは正しい理解だと思う。政治も自然科学と同じく、「試行錯誤」の連続で、大多数が納得する結論に達するのは容易でない。一方、その結果において、為政者に対する寛容な気持ちを持つことも重要で、いたずらに非難したり、極端な一時的熱狂で超人的人物に期待するような愚は絶対に避けるべきであろう。

「情報化の世紀」:「情報化の第一の意味として「事物のイメージ化」、しかし第二の意味合いの方が大きい。それは情報の飛躍的増大ということです。……情報の氾濫は、(発信者の無記名性とともに)、人間存在のイメージを小さくするという特徴を持っている。……知識が力を弱め、その代りに情報が氾濫するという時代は、情報が少ない時代とは別の意味で、人間を一面で不安にします。さまざまな刺激は心に届きますが、結局のところ世界をどうとらえたらよいのか、あるいは自分の行動についてどう考えればよいのか、わかりにくくなる。」

「都市と文化」:「都市の文化の多様性、いいかえれば異質性の共存、これが「文化の強さ」であり、異質性が高ければ高いほど、その文化は強くなっていくというのが私の考え方です。」

「民主主義再考」:「「試行錯誤の連続」のシステムは、ある意味で、絶えず苛立ちと不満を残す制度であり、それゆえにもともと統治にとって困難な制度と言ってよいでしょう。基本である合議制は時間がかかり、機動力に欠けることにほかならない。……ＮＰＯには、このような不可避的に持っている欠陥を正し、補完する役割を期待したい」

五つ目の「『ポスト冷戦後』の世界政治地図」で、彼は再びロシアについての考察を試みている。すなわちゴルバチョフに始まるペレストロイカが閉塞し、プーチンがロシアの伝統的な独裁者支配に徐々に向かっているという指摘である。これは現在を予見したと言えると思う。

第四章で、面白かったのは、「仕事と労働のかたち」である。ここで、「仕事」というのは、一人の人間が働きの始めから終りまでを管理し、課程の完結を味わうことができるもの。「労働」は時間単位の報酬を得る営みとして定義されている。一六世紀頃までは、「仕事」が大部分であったが、機械の登場で、かつての職人とは異なる「目的・計画」を考える人と「過程・実行」をする人に分割されるようになる。これは経営者および高度の技術者と、労働者の分裂にもなる。

近代に入って「労働」が成立すると、それは時間的に限られるわけで、ここに「余暇」というものが生れた。「仕事」には時間限定はなく、本人の工夫、仕事への情熱があれば限界は外からは与えられない。現代でも学者、芸術家、経営者、政治家、その他ある種の創造的仕事に携わる職業人には、余暇という気持ちはなかなか起こらないだろうが、労働者にとって「余暇」が生まれると、それを充足させるために、娯楽産業が生まれてくる。イギリスなどで芝居や見世物が盛んになり、ルールを伴ったスポーツが盛んになったのは一七世紀であった。「労働」はますます分業化され細分化されるほど能率がよくなり、やがて映画「モダン・タイムス」のような流れ作業になり、労働者はそこに働くことの喜びを全く感じなくなる。このような「仕事」から「労働」への流れが、現在の「ポスト工業社会」で変わりつつあるというのである。

機械が普及するとやがてロボットの登場となる。そうすると、高度の技術者はますますその設計に工夫を重ねる。また管理的な仕事に携わるようになり、一方、販売を助ける金融、販売後のメンテナンスというような対人サービス業の仕事が発展していく。こういう仕事は時間性の賃金による報酬というシステムにはなじまない。そして「需要の標準化」が満たされると「需要の個別化」に人々の興味が移っていく。そうすると、コンサルタント業が幅を利かせるようになる。これらは個別の需要に応ずるということで、小規模の町工場の復活まで予想されてくる。また、高齢化社会になるにつれ、身の回りの面倒を見るという介護の仕事などが増えてくる。これは個別化の最たるものである。

「「科学」をめぐる思想的課題」では、「世界には科学的方法では絶対に解明できない、究極の問題があり。それは偶然性ということであり、個別の存在があるという現実です」と述べている。自分の存在自身が偶然性の所産であり、自分が癌になるというのも個別の事柄である。もちろん、知的探究心がもたらす科学の発展は続くであろうが、それがどういう結果をもたらすかは、必ずしもあらかじめ明確ではない。要するに科学の発展には、賭けのような楽観主義を持つしか、致し方ないというのが彼の結論である。

また、彼は最後に「ポスト工業社会の教育構想」として、今後の学校教育をいかに進めるべきかについて述べていて、特に小渕内閣の時「21世紀日本の構想」懇談会が組織され、彼が教育を扱う分科会の責任者となり、その時に教育に関する彼の考え方や幾つかの提言をしている。これらについては自著『穏やかな意思で伸びやかに』の「教育について」で引用、詳述したので、ここでは省略する（注三）。

実はこの時期、二〇〇一年九月一一日にニューヨーク世界貿易センターツウィンビル、国防省ペンタゴン等に対するタリバーンあるいはアルカイダ系の同時多発テロ事件が起こって、世界中を震撼させた。これに関して、山崎氏は、読売新聞一〇月一日号で「卑劣な二重基準」、『中央公論』十一月号で「テロリズムは犯罪でしかない」、翌年の『中央公論』十月号で「テロは二十世紀型社会病理現象である」を書き、これらは二冊目に載っている。また一冊目でもこの事件を受けて急遽最後に補遺として「反テロリズムの思想」が追加されている。

これらの諸論は題名だけでも内容がすぐ推し量られる類ではあるのだが、この中で、山崎氏が、イスラム勢力のテロと日本のオウム真理教の類似点を挙げているのがややユニークかなと思った。それは、犯行声明などが出ていない、対象が無差別殺人であること、目的が曖昧ではっきりしないこと、彼らの怨差が具体的に何を意味するのか、アメリカ文明全体への抗議なのか、自らの生活との大きな経済的格差なのか、宗教的なものなのか、テロの後の計画が全く考えられていないなどの特徴が共通している、と述べている。これらは凡百の評論が多くの想像を逞しくしてジャーナリズムを賑わし、その論議に対しても多くの批判を述べているのだが、いずれも明確になったものはなかったと論じている。

二冊目の表題ともなった「アメリカ一極体制をどう受け入れるか」（『中央公論』、二〇〇三年五月号）は、具体的に、二〇〇二年にイラクが大量破壊兵器を保有している疑いから、アメリカ、イギリス、オーストラリア、ポーランドなどの有志連合が参加して、二〇〇三年三月から行われたイラク戦争に関しての論文である。この時国連では、フランスのシラク大統領、ドビルバン首相が反対演説をぶち、結局フランス、ドイツは戦闘に参加しなかった。このような態度に対する山崎氏の感想が述べられている。

彼は、江畑謙介氏の論文（『中央公論』二〇〇三年二月号）によればとして、冷戦終了後に情報革命がもたらしたアメリカの支配力は決定的になったと言う。電子技術の導入による兵器の精密化はアメリカの戦力を飛躍的に増大させた。今やどの国も追い付くのに二〇年の差が生じている。

戦闘は三月からわずか二カ月で終了し、サダム・フセインのゲリラ勢力は残ったものの五月一日にブッシュ大統領によって戦闘終結宣言が発せられた。そしてイラクに大量破壊兵器は発見されず、ブッシュは大義なき戦争という非難を浴びることになったのであるが、実際には、それで戦闘は終結せず、オバマ大統領による二〇一〇年八月の「終結宣言」まで、実に七年続いたことになる。

この開戦直前の時期の国連での討議を受けて、山崎氏は、アメリカの意志、方針を認めていて、次のように述べている。

「なによりも大きいのはイデオロギーの勝利であって、人権、自由、民主主義という政治的価値はいまや世界標準となった。その思想的な起源はヨーロッパにあったものの、第二次世界大戦、冷戦を通じてそれを奉じた最大の旗手はアメリカであった。……あくまでも比較のうえのことではあるが、この国が思想表現の自由な国であり、政治家の主張、それに対する世論の反応を含めて、アメリカの政治動向は他のどの国にもまして透明性が高いのである」

山崎氏は、この際、日本政府がとった行動はおおむね適切であったとしている。アメリカの政策の道義性を支持しつつ、最後まで国際協調の実現に向けて努力するという精神的支持は十分に現実的な意義を持ったはずである、という。しかし、私は、日本が常にこういう場面でアメリカに追随するしか仕方がない、フランスのような態度は絶対にとりえない、というところに、現在の地勢学的な違いによる限界があるのをつくづく感じている。これに関しては、すでに自著で述べたことがある（注四）。

この二冊目にはこれ以外にも、さまざまな話題に対する山崎氏の評論があるが、中でも私が特に目をとめた話題に、「ポスト工業化時代の大学」があった。二〇〇二年の八月に、中央教育審議会は、大学に研究、教育の外部評価機関を設けるという答申をした。この答申に彼は大いに賛意を表している。大学がそれまで全く外部評価のなかったことが大学の教員の弛緩をもたらしていたからであろう。私はそれで現在どうなっているかをネットで調べてみた。

二〇一八年のアジア経済研究所の記事（岸真由美氏：日本の大学における教員評価の現状）によると、特に国公立大学の大学法人化が始まった二〇〇四年以降にこの流れ、すなわち大学の外部評価制度の設置が加速し、二〇一四年調査では国立大学で八〇％、公立大学で六六％、私立大学で三六％が全学で実施されていると出ていた。ただ、これを今後どう活用につなげていけるのか、課題は山積していると結ばれていた。たぶん、制度を外形的に整えるのはさしたることではないが、その実態に意味を持たせるのははるかに多くの問題があるのは、容易に想像がつく。私も大学の研究、教育について、特に自然科学の状態についてはいろいろ書いたことがあるので興味深かった（注五）。

国民の間では、二〇〇五年の阪神淡路大震災、二〇一一年の東日本大震災の頃からボランティア活動が、非常に盛んになった。これを山崎正和氏は二冊目の「あれから四半世紀がたって」で次のように述べている。四半世紀というのは『柔らかい個人主義の誕生』以来を意味する。

「他人に自己の存在を認知されることは、人間にとって収入を得ることに匹敵する幸福であるが、ボランティア活動はこの基本的な要求を満たしてくれる。……ここで人びとは社会に貢献しながら、同時に無報酬の人間関係に参加するという意味で、社交の満足を味わえるのである」と。

この本で、偶然新たに知ったことは、山崎氏の「半歩遅れの読書術」で、かつて私が読んだ著書『国を誤りたもうことなかれ』の著者、近藤道生（みちたか）氏の厳父は、外科医で大茶人であった平心庵・近藤外巻という人で、鈍翁・益田孝と小田原に住んだ縁で、茶の湯で君子の交わりを結んでいた、ということであった。山崎氏は道生氏の別の本を読んだことを書いているのだが、私は道生氏の上記の本を読み、感動し深く尊敬の念を抱いたのであるが（注六）、彼はそれなりの厳しさのある父を持ったということを知った。

三冊目の『大停滞の時代を超えて』は、あとがきにもあるように、前二冊から時を約一〇年隔ててての著作であり、二〇一三年、彼が七九歳の時の出版である。この間、彼は専門の美術などの二つの長編を書いていて、それ以外にここに集められたような四、五ページの短い時局評論を新聞などに書き、これは自分の執筆のリズム感にとって精神衛生上よかったと書いている。

第一章の主要論文で表題にも関係する「大停滞時代の変革願望症候群」は『中央公論』二〇一二年一二月号の一六ページの書き下ろしである。

彼は、二一世紀に入って一〇年強の現在、世界は政治的にも社会的にも手詰まり感、閉塞感に襲われているという。二〇世紀が革命と戦争、技術進歩と経済拡大による激動の時代であったのに比し、停滞していると称しているのである。これに対する証左として、彼は次のように述べている。

まずは一九九〇年代に進んだ東西冷戦構造の終結である。社会主義の理想が終焉した。市場が富の分配に巨大な力を発揮するのだが、その再分配、すなわち政治的な公正の維持にまったく無力であるのは、二〇〇八年のリーマン・ショックでの世界的震撼で示された。イデオロギーの終焉は外交を現実主義に導き、各国は経済的な国益を最優先として、走っている。国連の常任理事国はいまだに第二次世界大戦の戦勝国に固定されている。ロシアと中国はナショナリズムに回帰し、シリアのアサド政権を支持してやがて軍事的覇権を目指しているように思われる。アメリカもＴＰＰ交渉からの撤退や環境の「京都議定書」拒否の姿勢で、国益第一の姿勢を鮮明にした。

こういう手詰まり感を打破するのは科学技術だろうが、革命的と呼べる技術革新は二〇世紀後半にはほとんど起こっていない。現代では投資の是非を判断するに、間接に左右する世論の存在が事態を動かす。端的な例が原子力発電で、民主党政府は二〇三〇年代に原発廃止を目標とし、そこには今後の進歩への配慮もなく、この政策決定には何の科学的根拠もなく、当面の世論の圧力に押されたのは明らかである。世論の動向は感情的、瞬発的であるのに対して、技術の開発は理性的、長期的な努力にかかっているから、そのずれが世論の側を一層の焦燥にかりたてることになる。

山崎氏は、このような発想を、田所昌幸氏（国際政治学者、京大卒、慶應大学教授）が二〇一二年五月に発表した「心地よい停滞の中の不安」（『アステイオン』七六号）という論文に触発されたと自ら書いている。筆者の論点は第一にこの国が大きな物語を失ったこと、明治の近代国家建設はもちろん、戦後の経済成長や福祉国家の夢など、国民を一体化する主題はすべて終了した、という事実にある。そのうえで、じつは現在の日本が日々の小さな物語の中で幸福であり、「今そこにある問題」の解決では稀有の成功を見せているがゆえに、逆に長期的な未来に不安を覚えているのだという逆説を示唆した。日本は民主的で平和で豊かな社会の実現に成果をあげ、伝統的な「高信頼社会」をも維持して住み心地はよいのである。だがその生ぬるさがかえって停滞感を誘って国民を苛立たせ、大きな物語の欠如を痛感させているのだという。

不思議なことだが、これら新旧の負の物語（過去の戦争での非人道の罪と、安保常任理事国への日本の立候補に対する、中国、ドイツ、ブラジル、インドに符合してアメリカも反対した事実）にもかかわらず、日本社会はいまも大いに心地がよい。経済は困難を叫ばれながらも失業率は四％強で、アメリカの八％、欧州平均の一一％と比べると、半分から三分の一にすぎない。破綻の予兆があるとはいえ国民健康保険も老齢年金も維持されているし、生活保護にいたっては不正受給が囁かれるほどである。教育の高学歴化も進む一方であり、国民の九〇％以上が高校を卒業し、五〇％が大学に進学する状況が続いている。治安がよいのはかねて定評のあるところだが、海外諸国でのテロや麻薬犯罪の増加につれて、相対的に日本の安全の評価はいやましに高まっているようである。

このようなところが田所氏の論文の主旨のようだが、これを敷衍してさらに山崎氏は次のように述べている。「政治に対する不満は強いが、日本の民主主義は機能しており、現に独裁政治も暴力的反乱も起こっていない。それにもかかわらず、日本では「変革」願望がずっと継続されている。「自民党をぶっ潰す」と絶叫した小泉内閣の郵政改革、民主党のマニフェスト選挙、大阪での維新の会、彼は民主党の野田政権で「税と社会保障の一体改革」が提唱され、民・自・公の三党合意によって法制化されたのは、過去の経緯から見て画期的な快挙だったと述べている。

ちなみに最近の若者は内向き志向を示し、海外留学や外国での仕事に消極的だと言われるが、皮肉な見方をすれば、これも今の日本の居心地がよすぎることの裏返しかもしれない。

政治の変革願望病が重態化するのにまさに並行して、社会では人々の連帯感がますます切望されているように見えるのだが、これははたして偶然なのであろうか。山崎氏はこの二つの社会心理に密接な関係があると考えている。変革は人に一つの目標の錯覚を与え、共同の運動に参加しているという幻想を提供するものだが、絆に飢えた日本人は今、その幻想に憧れているのではないだろうか。伝統的なムラ社会は急速な都市化の波に洗われ、過疎化と高齢化の進行によって随所で崩壊の瀬戸際にある。同時に都市の中でも企業の動揺と変質がおびただしく、人々が主な対象としてきた職場が危うさを見せている。その上国家がナショナリズムを完全に放棄した日本では、オリンピックのような虚構の場を除けば、愛国心が人々を一体化する可能性も考えられない。唯一、ファッションが連帯感の支えとして残ったが、ここにも世代間の断絶があって、老若男女を一つにする共通感情の基盤はない。こうした前代未聞の危機の中で、国政選挙という営みが新たに人類学的な意味を帯びて、本来の機能とは別の役割を望まれていることは十分に想像される。……その選挙が国家の質的な改革をもたらし、国民生活の根本的な革新を招くと錯覚される場合、それが祭典として人心を擽るのは当然であろう」

私はこのような山崎氏の文章を読んで、「ああ、彼もそろそろ限界かなあ」と感じた。

考えてみると、彼は停滞とか、言っているが、二一世紀に入って、日本ではそれどころではない大事変が起こっている。二〇〇八年のリーマン・ショックはグローバル化による外的変動だが、何と言っても二〇一一年三月一一日の東日本大震災と原発事故は、日本を空前の危機に陥れた。そして、当座はこれに対する政府の対応の拙さもあったが、そこで発揮された日本人の連帯意識は素晴らしいものがあったと思っている。多くのボランティアの活躍は言うまでもないが、中でも、私が英雄的であったと印象深いのが、東電福島第一原子力発電所長であった吉田昌郎氏の奮闘ぶりであった。爆発を目前にして上からの指示を拒否して海水注入を続行した彼は責任感の鬼とも言うべき立派な行動であり、惜しいことに彼は翌年、がんで死去されたが、右往左往した東電上層部経営者と比べ、現場責任者としてのその勇気には、人間の尊厳を強く感じた。

もっとも、山崎氏は、最後には、わずか数十年の停滞を焦り、大きな物語の喪失を嘆く人はむしろ想像力に乏しく、人類が生きて来た唯一の壮大を極めた物語が見えていないということにすぎない。俗に言う近代化の努力を日常の小さな改善の中で果たしながら、しかし、近代人特有の堪え性のなさと訣別することこそ、二十一世紀の人類、とりわけ日本人に課せられた急務というべきであろう、という穏当な文章で終えている。

私は山崎氏のここでの文章は、評論のための文章で、絶えず自ら不足分を作り、それを解決するにはという形で文章化する、これが評論家のやり方、宿命であると思った。すなわち、社会の不満といったもの、これを象徴するような言葉を考え出し、その感覚で社会批判を展開する。例えば、実存主義が華やかな頃、「不条理」という言葉がはやった。高度経済成長政策で日本人の生活が上昇している時に、それに乗れなかった人たち、あるいは、自分の考えがそれにそぐわなかった知識人は「疎外」という言葉を盛んに使った。また近年は「格差」という言葉で社会の経済的貧富の拡大を論じている。全体は向上しているのだが、それより相対的に下がる人を問題とする。人間は誰でも周囲との比較で自らの幸・不幸を判断しがちであるからである。彼の「時代の閉塞感」といったものも、その一連の言葉でないかと感じた。文章のお喋りのための問題設定、日本人が幸福であっては困るのであり、これを「前代未聞の危機」なんていうのは、どうかしている。材料がなくて、焦っているのは著者自身ではないかというのが、私の率直な感想であった。

第二章の「歴史の一歩に寄りそって」は、二〇〇五年~二〇一三年の間における二三編の短編、約五ページのコラム記事であり、大部分が読売新聞の「地球を読む」で、それに西日本新聞、朝日新聞、日本経済新聞のそれぞれ一編が載っている。その時々の事件、問題に対する山崎氏の感じた意見の集積である。「北の核実験―日本的「平和」の転換点」、「職業の権威と責任―プロを敬う社会に」、「都市集中―選択は二つ、発想の大転換を」、「高校無料化―「何となく進学」の弊害」、「国家の品格として純科学振興を」、「「日本人論」再考」等である。まあ、短い文なので、それぞれ時を得た論評ではあるが、特に取り上げるほどの内容ではない。彼が新聞に執筆を定期的に依頼されるような評論家としての存在になっていた、ということ自体を一応評価すべきであるかもしれない。そういう立場は新聞記者は別としてなかなか得ることのできないものであるからだ。

第三章は「時事を離れて想う」と題されている。珍しいことに山崎氏は最初に自然科学に関する感想を二編述べている。「完璧な学問世界の内と外」で数学を、「天文学と、純粋に知ること」で天文学を対象にしている。文系の学者が理系のことを論じるのは稀有のことである。それは、理系の学問の厳密さと、真に理解するためには、膨大な基礎学問の習得が必須であるからで、それなしに自然科学を対象とするのはまず不可能であるからであろう。もっとも読んでみると、やはりかなり的外れの論議であり、哲学的な論点に終始している感じだなと思った。しかし、その中で「純粋に知るために知ることが人間をいかに高貴なものにするか。この功利主義の時代にあって、天文学は哲学と並んで、人間性の最後の砦でありつづけているように見える」という文章は印象的であった。哲学のことはさておいて、確かに天文学は、知ることだけを求めている学問に思える。

この二編以外はすべて『嗜み』という雑誌に載せた一五編の短文になっている。日常の些細なことを題材にしたものが多いが、その中で「たかが飲食、されど飲食」で、「注目されるのは、食欲は他の生理現象と違って、人間が社会を形成する上で大きな役割を果たしてきたことである。性欲も睡眠欲も集団行動になじまないが、なぜか食欲だけは仲間とともに満たすと喜びが増幅される。……自分が幸福だということが他人によって認知され、それでよいのだと肯定されたと感じるからだろうが、これが社会に生きることの喜びの原点であるのは明らかであろう」とあったのは面白く、また的確な指摘と思った。

『山崎正和の遺言』（片山修著、東洋経済新報社、二〇二一年）から彼の前半生を見ると、生物学者の父の都合で五歳から一四歳まで満州で過ごしている。子供の時に、父の書棚のシェイクスピア全集をむさぼり読んだとある。やがて、奉天では、攻め込んできたソ連兵が、ロシア人であれ日本人であれ片っぱしからレイプをしたり、瀋陽でソ連兵に足元を撃たれたり、集団で凍死する日本人避難民を目にした。そしてそれまでも多くの戦死者、災害者に混じり大変な苦労をしたようで、父は四三歳で病死し、彼は父の棺桶を火葬場に運び、係の人と直火で燃やしたという。終戦後、三年にして日本に帰国している。母子家庭であったが、戦後、京都大学大学院に進み、フルブライト資金で、アメリカ、イェール大学演劇学科に留学した。

彼の文章の作り方を考えてみると、観察の鋭さもさることながら、巧みな「文章のアヤ」で話を紡いでいく、という傾きが常に強い。考えてみれば文章家というのは、多かれ少なかれ皆そうなのだが、彼の場合ことさらにそれを感じる。例えば、「改革という言葉には人を興奮させる効果があり、改革に参加することで一体感が味わえるという錯覚を招きやすい。……せっかくイデオロギーの終焉したこの時代に、国民的団結を感じたいという漠とした願望が、かえって国民の心理の底に渦巻いているように見える」とか、「この消費はじつは現在という時間の創造でもあって、放置すればただ流れ去る時間を充実した現在として引き留める努力でもある」とか、「ＩＴが展開する世界は場所が全くない世界である。隣人がどこにでもいて、どこにもいない世界である」というような、一見逆説的な言葉を並べる手法がよく使われる。

彼の文章で、もっとも彼の特徴を表現した言葉は「社交」であろう。人間は「社交を楽しむ動物である」というのが、彼の言い出した言葉であり、主旋律であったような気がする。彼自身、社会を観察しては、このように多方面にわたって文章を書き、社交を楽しんだ人生であったのではないか、というのが私の思ったことであった。

注一　自著『志気』内、「山崎正和　『柔らかい個人主義の誕生』」。

注二　自著『折々の断章』内、「頭の働き方―山崎正和氏と堺屋太一氏―」。

注三　自著『穏やかな意思で伸びやかに』内、「教育について」。

注四　自著『心を燃やす時と眺める時』内、「日本のアメリカ依存」。

注五　自著『穏やかな意思で伸びやかに』内、「日本の自然科学の進展と問題点」。

注六　自著『いつまでも青春』内、「行動の限界」。

オペラ、アリアへのささやかな開眼

私がクラシック歌手の実演を最初に聴いたのは、高校生時代、当時ＮＨＫラジオ第一放送で毎週一回「希望音楽会」という番組があり、これはあらかじめハガキで申し込むと、順番にＮＨＫホールへ入場が割り当てられて、いつになるか、どの演奏になるかはわからないが、ただで演奏が聴けるといったもので、たまたま当時有名だったテノールの五十嵐喜芳氏の歌を聴いた時だった。親友の今は亡き馬場昭男君と二人で出かけ、聴き終ってから、二人で「素晴らしい。意外と声に甘さがあるんだねえ」などと語り合ったのを覚えている。同じようにこの手で最初に管弦楽演奏を聴いたのがベートーヴェンの第七交響曲だった。ラジオで藤原義江や大橋國一も知った。

やがて、クラシック音楽のＬＰが出始め、フィッシャー・ディースカウの「冬の旅」や、ハンス・ホッターの曲を真剣な面持ちで聴いたものであった。大学一年でコールアカデミーという男声合唱団に参加して一年だけ、バリトンで合唱の気分を味わったこともあった。この合唱団は伝統的にドイツリードを得意としていて、ドイツ語の歌をよく歌ったが、六大学合唱連盟の演奏会の時は、本邦初演というケルビーニの「レクイエム」のイタリア語を意味もわからずに歌ったが、練習で初めて四部が一緒に合わせた時のゾーッとした感激は忘れられない思い出である。

またテレビが普及してからは、佐藤しのぶや鮫島有美子、ジュリー・アンドリュースのＣＤを購入したりしてよく聴いた。

六大学合唱連盟の演奏会　前列右から６人目が私

しかし、私は、オペラという西洋音楽劇というのは、どうも長らく親しみを持てないでいた。クラシック音楽は聞くのは大好きだが、セリフを歌いながら表現するというのが、何となく中途半端な感じがして、深入りする気にならなかった。オペラの中で歌われる有名な歌は自然に覚えるし、それを何度も聴いたことはあるのだが、わざわざオペラを見にいくという経験は全くなかった。アメリカのインディアナ大学に原子核物理学の客員研究員として三年間滞在した時に、たまたまその大学が学内にオペラハウスまで持つ全米一の音楽大学であったため（注一）、冬場に安いキップで、妻と音楽会に出かけ、その時に何回か有名なオペラを味わったのが、唯一の経験だった。

「フィガロの結婚」、「椿姫」、「ホフマン物語」、「ドン・ジョヴァンニ」、「ポギーとベス」など比較的短いものが多かったと、うっすら記憶している。それらは大学のスタッフや学生の演奏だったが、メトロポリタンの歌手レナータ・スコットが来たこともある。

しかし、日本では、自らの原子核物理学の研究で忙しく、また公務員の安月給で四人の子供を育てていたので、経済的にも、音楽会に出かけるほどの気分にはとてもならず、何かで入場券の切符を手に入れた時を除いて、めったにプロの演奏会に行くこともなかった。

私が、日中科学技術交流協会で、非常に親しくなった人に紺野大介氏がいる。私がその協会に入ったのは、二〇〇八年で大学の同じ原子力工学科の同期である山脇道夫氏の勧誘によるもので、もう一五年以上前になるが、その間の事情は以前に書いたことがある（注二）。

協会の中でも、紺野氏は、非常に多方面で才能の豊かな人で、私より三歳若いのだが、元々は同じ工学系の大学院を経て、工学博士、摩擦学（トライポロジー）の専門であったと聞いている。卒業後、荏原製作所に入り、セイコー電子工業で取締役ＣＴＯなどを歴任、一九九四年より、中国清華大学招聘教授、二〇〇二年より北京大学客員教授を務め、長い間中国で教鞭をとっていたという。日本では二〇〇〇年、公益シンクタンク創業支援推進機構（ＥＴＴ）を創設しこの事業に長く携わっていた。日中協会では常務理事を務め、幹部の一人であったが、この数年前に故あって、協会は退会している。

氏は、雑誌『選択』への寄稿文をまとめて、二〇一一年『民度革命のすすめ』（東邦出版）を出版している。これには、世界各国の教育現状や日本への危機意識が溢れていた。

二〇二三年、渋谷の飲み屋で久しぶりに紺野氏と会った。なぜ協会をやめたのか、いろいろ詳しく心境を聞いたのだが、それは、このところの中国の習近平の独裁政治で、彼の親しい新疆ウイグル地区出身の教授が殺されたからだという。中国は、暗黒政治で中の事情は一切明らかにされていないし、裁判は非公開である。彼も危険を感じ、中国にはしばらく出かけていないようだ。

紺野氏と私　渋谷で

万が一、突然、スパイとして投獄されてはとの思いからであろう（注三）。その他にも、話題は尽きず、話は政治だけでなく、経済、文学、美術、音楽など、さまざまにわたり、三時間以上、語り合った。

　その席で、彼は若い頃から、オペラ狂で、なかんずくリヒアルト・ワグナーの熱狂的なファンであったとの話をした。ワグナーに首ったけという人をワグネリアンと呼ぶことを初めて知ったのだが、数日後に、『音楽と工学の狭間で　ミュージックトライポロジー』（新樹社、二〇〇五年）という本が送られてきた。著者名は、「和求音　理行」と書いてある。これはペンネームでワグネリアンと読むべきらしい。この本は音楽を聴くというより、それに対して音楽と工学的な側面を記述した部分が、前半には非常に多いので、それは表題の意味通りなのであるが、今はそれには触れない。

　紺野氏は、若い頃から仕事の関係で、世界を飛び回ってきた。そして、その合間に夜はほとんど、クラシック音楽会に出かけ、可能な限り一流の演奏者の演奏を楽しんできたようだ。それは、信じられないくらい多岐にわたっている。

　ミラノ・スカラ座博物館での、マウリツィオ・ポリーニのピアノ演奏の練習風景をたまたま耳にしたとか、会社に入ってまもなくであろうか、モスクワ大学数理統計研究所にいた時は、ムラヴィンスキー指揮、レニングラード・フィルによるバルトークの管弦楽曲を聴いたら、ショスタコーヴィチが同列の席にいたとか、ミュンヘンのヴィース教会では、バッハの教会カンタータのオルガン演奏とともに、少年少女の合唱に心を洗われたとか、アメリカに行った一九七五年以来、カーネギーホールには五〇～六〇回は足を運んだという。イギリスのロイヤルフェスティバルホールは一〇〇回以上とか、ともかく、かなり本格的と言うべきであろうか、この上もないクラシック音楽の愛聴者、それもかなり一流の演奏家の実演を世界各地で聴いたようだ。巻末にある、彼の作った「心の健康に良い音楽リスト」の表を見ると、本当のクラシック愛好者は、こういうものかと思うほど、バッハから始まり、私の全く知らない作曲家の名前も含めて実に広い分野の音楽を鑑賞してきたことがわかる。

彼がクラシック音楽に浸った子供の時からの経験はどうかというと、九歳で、カラヤンが来日した時、ブラームスの「交響曲第一番」の実演を聴いたのが最初とか、続いて小学五年の時、電気蓄音機で、ドボルザークの「新世界より」に涙したとか、中学生三年でマーラーのレコードを買ったという。私はその歳の頃、ヨハン・シュトラウス二世の「美しく青きドナウ」と「ウィーンの森の物語」のレコードをもらった程度であり、私は今もって無限旋律などと言われるマーラーの曲の良さは解らないから、どだい私などとは全く異なる深く進んだ音楽鑑賞経験をしてきたようだ。

実はこの本にはワグナーのことはほとんど出てこない。オペラに関する記述は一節あり、ミラノ・スカラ座のオープニングをどうしても見たくてワグナーの「パルジファル」の切符をなんとマフィアの男から五〇〇ドル（当時一ドル＝一三〇円）で手に入れた顛末が書かれている。

渋谷の席で、彼からいろいろとオペラのことについて、「私はオペラを聴いた経験はあまりない。初心者としてどんなものから始めたらいいのでしょうか」と聞くと、彼は「そうですね。まあ、最初は「ローエングリン」あたりはどうでしょうか」と言われた。

そこで私は図書館で検索し、ワグナーの「ローエングリン」のＤＶＤを借りてきた。何せ知識がないから、それについていた解説書を読み、あらすじを知ってから、この三時間半のオペラを、一幕ごとに長い休憩の時間をとって観た。この中で聴き覚えのあった曲は「第三幕前奏曲」と、「婚礼の合唱」くらいであったが、話は古いドイツの神話で単純なたわいもない物語であってオペラの舞台があんなものだったと、インディアナ大学での経験を思い出したりした。

続いて、同じく図書館で、ビゼーの有名な「カルメン」を借りてみた。図書館ではＣＤはたくさんあるのだが、ＤＶＤはあまりない。これはあらすじも知っていたし、冒頭の前奏曲から、なじみの曲、歌の連続で、カルメンが男を誘う「ハバネラ」(私のＹｏｕｔｕｂｅのお気に入りには、円熟したマリア・カラスの歌がある）や「闘牛士の歌」も何度も聴いていた。

そして、その後、別の「カルメン」がＹｏｕｔｕｂｅにあるのに気づいた。この「カルメン」はクライバーの指揮で、一九七八年ウィーン国立歌劇場の豪華な舞台演出で、ホセがプラシド・ドミンゴ、カルメンは当時ソ連のエレーナ・オブラスツォワという華やかな人だった。ミカエラ役のイゾベル・ブキャナンも可憐だった。また少年たちの合唱があった（これはウィーン少年合唱団）。その後Ｙｏｕｔｕｂｅに「フィガロの結婚」があることを発見し、それも観た。私のＰＣは長男がくれたもので大音響も可能なスピーカーもついているので十分楽しめた。それからＤＶＤやＹｏｕｔｕｂｅを観た感想を、毎日のように紺野氏とやり取りする日々が続いた。彼はそのたびに親切なコメントをくれた。例えば、私が「ローエングリン」の配役は、これこれ（いずれも私は知らなかった名前だったのだが）と言うと、「ヨナス・カウフマンは今をときめくテノール、アニヤ・ハルテロスも聴きごたえのあるソプラノです」とか、「フィガロの結婚」で、「スザンナのミレッラ・フレーニは、女パヴァロッティと言われるほどの歌唱力で一世を風靡して大ファンでしたが、惜しいことに二、三年前に亡くなりました。残念です」とか、「「カルメン」を聴かれたとのこと、今度はワグナーの「マイスタージンガー」やプッチーニの「トゥーランドット」あたりはいかがでしょうか」といった具合であった。

それから、往復一時間半もかかる四谷図書館での貸し借りは面倒くさくなって、もっぱらＹｏｕｔｕｂｅで探してみると、かなりのものがあり、翻訳の字幕がついていたものもあって、もっぱらそれを探すようになった。

ともかく私が多少なりとも知っているものは、何でも観ようと思い、「凱旋行進曲」で有名なヴェルディの「アイーダ」を観た。これは、ミラノのスカラ座のもので、ストーリーも正確には知らなかったのだが、ルチアーノ・パヴァロッティがエジプトの戦士ラダメスを演じ、エチオピアの王女アイーダは奴隷としてエジプトに捕らえられていて、その悲恋を語ったものだった。これで私は二〇世紀の最高のテノールといわれるパヴァロッティの凄まじい歌声に圧倒された。冒頭の「清きアイーダ」は本当に素晴らしい。それからは、Ｙｏｕｔｕｂｅでパヴァロッティのものは何でも観ようと思い、一〇曲以上探して、お気に入りに入れて繰り返し聴いている。それらは「清きアイーダ」は無論、若い時の、ミレッラ・フレーニとのプッチーニの曲のデュエット「麗しの乙女」、同じく「トスカ（歌姫の名）」の「星は光りぬ」、「ラ・ボエーム（ボヘミヤ人の意）」の中のロドルフォの「冷たい手を」、シューベルトの「アヴェ・マリア」、「女心の歌（道化の名、リゴレット）」、映画の主題歌「マンマ」、名曲「つれない心（カタリ・カタリ）」、「帰れソレントへ」などである。

ついで、あらすじもよく知っている悲劇「椿姫」を観た。Ｙｏｕｔｕｂｅでは「二〇〇一年、ヴェルディ没後百周年記念公演、パルマ王立歌劇場」で、ヴィオレッタ（ダリーナ・タコーヴァ）とアルフレード（ジュゼッペ・サバティーニ）が主演の二人で、私の知らなかった魅力的な歌手であって、演出も手品師が出てくるなど変わった趣向であったが、字幕付きでわかりやすい。最初の第一幕からなじみのリズミカルな曲が次から次へと出てきて、楽しくなる。それらは、「前奏曲」や、「乾杯の歌」、「そは彼の人か 花から花へ」などで、特に最後の歌は、今までに、他の歌手（マリア・カラスやレナータ・テバルディ）で何回も聴いたものだった。

「ニュールンベルグのマイスタージンガー」は、その最初の前奏曲のメロディーはなじみのものだったが、ストーリーは知らなかった。歌合戦での恋物語である。

「トゥーランドット」は、フィギュアスケートの荒川静香が二〇〇六年トリノ冬季オリンピックで優勝した時に採用した音楽で、Ｙｏｕｔｕｂｅで懐かしくその「イナバウアー」の映像を見直したりしたが、これもストーリーは知らなかった。これは、ロリン・マゼールが指揮、異国情緒のある衣装と出演者が主演の数人を除き、すべて仮面のような化粧をしている奇抜な劇だったが、舞台は古代中国、トゥーランドット姫に求婚する韃靼人の王子カラフには、三大テノールの一人で若い時のホセ・カレーラスが扮していた。「誰も寝てはならぬ（ネッスン・ドルマ）」は何度も聴いたことがあり、彼も凄い声だなあと感嘆した。この歌は先述のパヴァロッティも歌っている。

感想を書くと、紺野さんは「荒川静香の演技は覚えていますが、個人的には数十年以上前からアリアとして突出して演奏され聴いてきたこの曲が、国内では一般的に彼女から普及したような格好になっていて、いささか苦笑したのを鮮明に覚えています」と言ってきた。

ワグナーの音楽というと、もちろん勇壮で木管、金管楽器が鳴り響く「タンホイザー序曲」とか、「ローエングリンの第三幕前奏曲」、「ニュルンベルクのマイスタージンガー第一幕前奏曲」のような曲は、テレビなどでもしばしば演奏されるので、自然に覚えるが、楽劇全体を見聞きしたことはなかった。私の所持するわずか二〇〇枚くらいあるＣＤにもワグナーは、「序曲および前奏曲集」など二枚しかない。むしろ、ドイツのノイシュヴァンシュタイン城の中で、ワグナーの楽劇を描いた数々の絵を観て、そのけばけばしさに、拒否反応を感じたくらいしか、覚えていない。これはワグナーに心酔していたバイエルン国王、ルートヴィッヒ二世のおかげであったという。

私は平凡だが、「モーツァルト、ベートーヴェン、そしてショパン」などが好みなのに、紺野さんは今や「ワグナー、マーラー、ブリュックナー党だ」と言う。もっとも、これは、音楽鑑賞のほんの初心者と、それとは次元を異にする長年の経験者との差とも思われる。なぜなら、インディアナ大での私の恩師で、自らチェロを演奏もした音楽好きのロバート・ベント先生もブリュックナーが大好きだったからだ。

ワグナーに関する記述は『民度革命のすすめ』の「ワグナーの楽劇とひとつの現代」に書かれている。紺野氏がワグナーの洗礼を受けたのは、一ドル＝三六〇円の時代というからニクソンショックから変動相場制に移った一九七三年以前で、彼はまだ二〇歳台のはず、フランクフルトのオペラ座で、私も辛うじて名前は知っていたソプラノのワグナー歌手ビルギット・ニルソンのガラコンサートで、紺野さんは、彼女が管弦楽に負けない、圧倒的な声量に唖然としたという。その後、彼はウィーンの国立歌劇場、ロンドンのコベントガーデン、ニューヨークのメトロポリタンでワグナーの楽劇を何ども体験したと書かれている。私は知らなかったが、紺野さんの話によると、政治学者の丸山眞男も晩年には、熱心なワグナー愛好家であったとのことである。

私は、「タンホイザー」のストーリーを知らなかったので、あらすじを調べてから観た。ベルリン国立歌劇場のものだった。中世のドイツ、テュービンゲンでの話で、吟遊詩人で騎士であって一時官能の嵐の生活をしていたタンホイザーと、彼を待っていたエリザベートの悲恋物語である。

冒頭は、こんな半裸体の女性が多数乱舞するオペラもあるのか、という思いであったが、話はだんだん深刻になる。歌合戦というようなおとぎ話もあって、まあ、深く考えるようなものではなかった。

「ニーベルングの指環」は全曲演奏すると一五時間かかるそうで、バイロイトで毎年演奏されると、少なくとも四日間はかかるという長大なものらしく、あらすじをネットで調べても、主題から考えて、こんな神話の物語を、追いかける気にはとてもならず、まだ観る気にはならない。

ワグナーの音楽についての紺野さんの理解を彼の本から、そのまま書き移してみると(注四)、「イタリアオペラと異なり内容も複雑多層構造、ゲルマン神話、ギリシャ神話などに素材を求めた、昼と夜、光と闇の中の弁証的世界なのである。特に「愛は哀」の思想の下、男と女のエロスを通しての文化人類学的な「救済」の主題が総合芸術の中核に横たわっているといえよう。……無限旋律を含んだこの複雑で豊饒な精神に根ざす音楽は、タブーを視座し、多くの人々に人間の感情の源泉を加振させ、単に「楽劇」という芸術体験の枠を超えて、全身的、全体的な感動を与える。この「ふるえ」を一度感じると、オペラウィルスに感染したように「しびれ」、麻薬のような毒を帯び人間の前にたちはだかる。そしてぐいぐいと地獄の底まで引きずりこむような耽溺美を誘い「人間の肉と魂」の二元的葛藤への思考を強要させる強烈な趣がある」

というのだから、私のような、単純な人間には、なんともおどろおどろしい芸術とも思える。それでいて、彼はメールで「ワグナーを言葉で語るのはとても嘘しいのです」とも言っている。つまり、体感するしかない、ということであろう。そうなると、私などは、そこまでいく素質は全くないのだろうと感じる。

もっとも、私は、昔のフランス語の教科書にあった会話、ピカソの立体派の絵を観た時、女の子が「Ah! Je ne comprends pas（さっぱりわからないわ）」と言うのを、恋人の男が、芸術は「理解できる、理解できない」の範疇で考えることは全く必要なくて「Il faut dire : Je le aime ou Je ne le aime pa（好きか、好きでないか）」と返した言葉に長年救われているのだが。


こんな調子で、紺野さんとはほぼ二カ月、互いに別の仕事や多趣味の生活を続けながらもメールで交信し続け、それでも私の見聞きしたものはほんのわずかだが、オペラというものに少しはなじむようになったのは、有難いことだと、彼に深く感謝したい気持ちが湧いてくる。

私は、この一九世紀に全盛を迎えた音楽劇、オペラというより、やはり、歌そのものが好きで、最近は、もっぱらＹｏｕｔｕｂｅにある三大テノールの共演、ルチアーノ・パヴァロッティ、プラシド・ドミンゴ、ホセ・カレーラスのほれぼれする歌を繰り返し眺め聴いている（注五）。三人の呼吸のあった和気藹藹の歌唱、ズビン・メータ指揮の管弦楽伴奏で、メータは若い頃、小澤征璽、ロリン・マゼールとともに、さる人が必ず大成する指揮者と予想したインド人である。

これはローマ市街南端にある、カラカラ帝の野外の浴場跡で、一九九〇年夜に行われたもので、実はこの演奏はイタリアで開催されたサッカーのＦＩＦＡワールドカップ決勝前夜に催されたものだという（決勝は西ドイツ１対０アルゼンチン、イタリアはイングランドを破り三位だった）。

私は、一九八三年から二年間パリのサクレー研究所にいた時、八四年春に一〇日間余りイタリアを六人家族で自動車旅行した。モナコを通ってジェノヴァから入り、ピサの斜塔を見てフィレンチェに行き、メディチ家礼拝堂、花の聖母教会、ウフィツィ美術館、アカデミア美術館、アンジェリコ博物館などを訪れた。その後、ローマに入り、コロッセオ、フォロ・ロマーノ等と共に昼間にカラカラ浴場を訪れた。その後、ナポリまで下り、ポンペイを訪ね、帰りは、アッシジ、ヴェネツィア、ミラノを巡って帰ってきた。

カラカラ帝浴場跡で末娘（2歳半）は眠くなって寝ている

ミラノ・スカラ座の前で記念撮影

ミラノでは、サンタ・マリア・デッレ・グラツィエ教会・修道院の「最後の晩餐」を観て、スカラ座の建物も観たが、子供連れであったし、昼間だからその前で記念の写真は撮ったが、中には入らなかった。

この演奏は三人とも円熟した全盛期のもので、ただただ素晴らしいの一語に尽きる。もう一〇〇回以上聴いているだろうか。一番年上のイタリア人のパヴァロッティはすでに亡くなっており、スペイン人のカレーラスとドミンゴはまだ健在のようであるが、現在の写真をネットで見ると、二人ともすっかり白髪になっている。

注一　日本では、アメリカの音楽大学というと、東部にあるニューヨークのジュリアード音楽院やフィラデルフィアのカーティス音楽院が有名だが、実は、私がいる間、アメリカでは各分野の大学のランキングが発表されていて、それで三年間、音楽では常に圧倒的にインディアナ大学が一番で、七〇％が一番と指名していた。チェロのヤーノシュ・シュタルケルが教授としていて、私たちも彼の演奏も聴いたが、ピアノ伴奏が練木繁夫だった。練木氏はその後もシュタルケルの伴奏で世界各地を巡り、現在は桐朋学園大学の名誉教授だという。
チェロ奏者の堤剛（つよし）はインデイアナ大学教授、帰国後は桐朋学園大学の学長、文化功労者にもなったが、シュタルケルの弟子である。当時、日本人会に出て見ると、十数人の日本人音楽留学生がいた。

注二　自著『くつろぎながら、少し前へ！』内、「中国といかに向き合うべきか」

注三　実際に、中国との交流で二〇〇回以上の訪中歴があるとされる、日中青年交流協会の元理事長の鈴木英司氏は、中国でスパイ活動をしたとして、二〇一六年に中国当局に拘束され、懲役六年の判決を受け、ようやく刑期満了で二〇二二年一〇月に帰国した。この間の事情は、雑誌『中央公論』二〇二三年一月号で、鈴木氏自らが「スパイに仕立てられても日中関係への思いは不変」という記事を書いている。

注四　『民度革命のすすめ』内、「ワグナーの楽劇とひとつの現代」。

注五　「Ｙｏｕｔｕｂｅ　O Sole Mio Pavarotti Carreras Domingo —Rome 1990 DVD quality」

「オオ　ソレ　ミオ」は、実は中学生の頃に覚えた私のイタリア語で歌える唯一の歌である。また、ここでは「ネッスン・ドルマ」その他、数々の名曲を三人で歌っている。「Ｙｏｕｔｕｂｅ　The Three Tenors—Around The World（America Funiculi funicula　Brazil　Lippen schweigen)」はロサンゼルスのスタジアムでの録画である。これらの中には、「フニクラ　フニクラ」や「帰れソレントへ」や「サンタ・ルチア」などもある。この三人のリサイタルは、別の年であるが、一九九四年、同じくロスアンゼルスで、今度はすべて英語でまた行われた。「Ｙｏｕｔｕｂｅ　My Way　Moon River　Because　Singing in the Rain（A Tribute to Hollywood）」　彼らが英語で歌う有名な歌のいくつかで、My Way を持ち歌とした老齢のフランク・シナトラも聴衆者として嬉しそうに出てくる。

船村徹氏と二人の盟友

ある時、船村徹の人生を、本人の談話、演奏、歌唱の映像などでテレビで見たことがあった。そして人生はつくづく人と人の出会いだなあ、と思った。

文学や美術の世界では、作品は、基本的に一人の人間の製作物である。これに対して音楽の世界はどうか。クラシックの世界で、交響曲、協奏曲、ピアノ曲などは、一般に一人の人が作曲する。もっともベートーヴェンの第九交響曲、第四楽章の合唱は特別で、フリードリッヒ・シラーの歌詞が使われている。しかし、歌の世界は、

船村　徹氏

クラシックと言えども、作詩家と作曲家は異なり、この両者の共同で楽曲ができ、双方ともがよくなければ、素晴らしい作品にはならない。クラシックで私の知っている歌は数少ないが、シューベルトの「冬の旅」や「美しき水車小屋の娘」は詩人ヴィルヘルム・ミュラーの歌詞があって生まれた。私は二〇代の学生時代、フィッシャー・ディースカウのレコードを買いシューベルトの歌曲に夢中になった経験があった。もっともこの場合、同時代であっても両者に面識はなかったらしい。

また、日本では、昔から、童謡の世界で、野口雨情と中山晋平、北原白秋と山田耕筰、高野辰之と岡野貞一などのコンビが幾多の名曲を作った。

歌謡曲の場合、最近はシンガー・ソングライターという人も多くなったが、古今東西、異なる才能を持つ、二人の密接な協力で名曲が誕生する。田端義夫の戦前の歌「島の船唄」、「別れ船」、戦後の傑作「かえり船」の清水みのると倉若晴生、ドラマ「君の名は」での主題曲「黒百合の歌」、「君の名は」における菊田一夫と古関裕而、ピーナッツ、坂本九などのヒット曲を数々作った永六輔と中村八大、クレージーキャッツのほとんどすべての曲を作った青島幸夫と萩原哲晶、西田佐知子の歌「アカシアの雨がやむ時とき」、「裏町酒場」、「東京ブルース」などを作った水木かおると藤原秀行のコンビ、山本リンダやピンクレディーのヒット曲を数々作った阿久悠と都倉俊一など、例証は数々ある。

船村徹は、調べてみると、一九三五年に栃木県で生まれて、小学校ではブラスバンド部に所属し、少年時代から音楽を志したという。東洋音楽学校ピアノ科を卒業し、一九五三年に早くも一八歳で作曲家としてデビュー、彼の盟友だった茨城県出身、東洋音楽学校の二年先輩の作詞家、高野公男と励まし合い、貧しいながらもアルバイトをしながら頑張ったという。バンドリーダーや流しで歌を歌ってもいたとのことだ。

一九五五年、高野の作詩で「あの娘が泣いてる波止場」(三橋美智也)、「ご機嫌さんよ達者かね」(三橋美智也)、また、同年一二月、二人で春日八郎の「別れの一本杉」の大ヒットを生んだ。これらは地方から多くの中卒あるいは高卒の青年たちが金の卵と言われて、大量就職で都会に出てきた時代で、これらの人が故郷を思う歌だった。世はまだラジオの時代で、私は小学校ないし中学校の時代だったが、日曜のど自慢の放送などで繰り返し人々が歌うのが耳に入ってきて自然に覚えた歌だった。すべて順調すぎるほどであり、「早く帰ってコ」（青木光一、一九五六年）など

高野公男氏

もヒットさせたが、その後まもなく一九五六年九月に、高野が肺結核で二六歳で早逝、船村はその後しばらく無力感で、どうにもならなかったという。

私はたまたま「高野公男没後六〇年祭演奏会」で船村が涙ながらにギターを抱えて高野との歌を歌うのをテレビで見た。また二〇〇五年のNHK放送八〇周年記念番組でも高野の故郷の近く笠間神宮の前で彼がヒット曲「別れの一本杉」を歌うのも見た。彼はいつも高野が背にいると思って人生を過ごしてきたと述べていた。彼が六〇歳になって紫綬褒章を受章した時には高野の代理人として」と話していたそうである。

星野哲郎との出会いは二年後の一九五八年である。星野は船村に比べ、音楽家になったのは、ずっと遅かった。一九二五年生まれだから、船村より一〇歳年上だった。ネットで調べてみると、山口県で商船学校に入学中に結核になったが卒業、日魯漁業に就職したが、数年後腎臓結核で、四年にわたる闘病生活を送ったという。病弱ぎみの男だったが、その間に作詩を学び、雑誌『平凡』の懸賞に応募、作品が入選し選者の石本美由紀の勧めで作詞家の生活が始まった。

一九五八年に横浜開港一〇〇年祭のフェスティバルのイベントに応募した時、彼の歌詞が一位と二位になり、この時の選者の一人が船村徹だった。

彼から上京を促され　コロンビアの専属契約を結び、以後クラウンに移籍、また八三年にフリーとなり、八五歳で亡くなるまでに実に四〇〇〇曲の歌詞を書いたという。

星野哲郎氏

彼の書いた歌詞で、私が知っている曲には以下のものがある。

「黄色いさくらんぼ」（スリー・グレイセス）、「アンコ椿は恋の花」（都はるみ）、「雪椿」（小林幸子）、「女の港」（大月みや子）、「兄弟仁義」、「函館の女」、「風雪ながれ旅」（三曲、北島三郎）、「昔の名前で出ています」（小林旭）、「男はつらいよ」（渥美清）、「みだれ髪」（美空ひばり）、「涙を抱いた渡り鳥」、「いっぽんどっこの唄」、「三百六十五歩のマーチ」（三曲、水前寺清子）、「兄弟船」（鳥羽一郎）

その歌手の最初のヒット曲が多い。この中で船村との共作は、「女の港」、「風雪ながれ旅」、「兄弟船」があるが、何と言っても最大のヒット曲、名曲は、美空ひばりの「みだれ髪」だろう。

星野哲郎が、長年、病弱の彼を気遣い彼を励まし支え続けて、彼が六九歳の時に急死した妻の朱実さんを偲んだ著作『妻から母へ』（廣済堂出版、一九九七年）を読んだことがある。

船村の作品には、それ以外に「どうせひろった恋だもの」（一九五六年）、「柿の木坂の家」（一九五七年）がある。そして、巨匠、西条八十（注一）の作詩で一九六一年に「王将」（村田英雄）を作曲して、名曲となった。「王将」はミリオンセラー、村田と仲がよくしばしば共演していた三波春夫がこの歌だけは自分が歌いたかったと述べていた。ほかに野村俊夫作詩の「東京だヨおっ母さん」、また「ダイナマイトが百五十屯」などなど。

二〇一〇年に、星野哲郎が亡くなった時も、船村徹が彼を偲んで「みだれ髪」を涙ながらにギターを抱えて歌ったのを見た。船村は涙っぽい。ほかにも、Ｙｏｕｔｕｂｅで、美空ひばりを偲んで歌ったものなどを見ることができるが、歌っているうちに、たぶん故人を想い出すのだろう。眼をしばたたかせながら、声が声にならず、息が詰まってしまいながらも辛うじて声を絞り出しているのを聴くと、こちらまで苦しくなってしまった。

彼は二〇一六年にたぶん歌謡曲関係では初の文化勲章を受章し、翌年の一七年に八四歳で死去した。

注一　西条八十は、凄まじい作詞家である。ネットで調べてみると、一八九二年（明治二五年）新宿生まれ。早稲田大学英文科在学中に日夏耿之介や三木露風の同人に参加し象徴派詩人として出発した。卒業後にフランス・ソルボンヌ大学に留学し、帰国後、母校の教授となっている。彼が作詩した歌詞はなんと一万五〇〇〇曲あったという。五〇年間ぐらいの作詩家としての人生だから、平均すれば一年間に三〇〇曲。一日一曲に近い。もちろん、想像するに一つずつというより、数曲を並行して作ったと思われる。
私が知っている歌を彼の作品のリストから挙げてみると、童謡では「かなりや」（雑誌、鈴木三重吉の『赤い鳥』に書いた。成田為三作曲）、「肩たたき」、「まりと殿さま」（両者共に中山晋平作曲）がある。「歌を忘れたカナリヤは……すてましょか」というのは、売れない時の詩人としての自分のことを書いたらしい。そして、野口雨情、北原白秋とともに三大童謡詩人と言われた。そんな彼がなぜ流行歌に移ったのか。きっかけは関東大震災で上野に避難した夜に、ある少年が「船頭小唄」のハーモニカを吹いた音を聴いたことにあった。これで彼はそういう曲が人々に深い慰めを与えることに気付き、流行歌を作ることを決心したという。

西条八十氏

戦前に「東京行進曲」、「侍ニッポン」、「東京音頭」、「旅の夜風」などの歌詞を作り、一九三八年に「支那の夜」、対中戦争が起こり戦地の兵隊を想い作ったのが一九四〇年「誰か故郷を想わざる」であり、同年に「蘇州夜曲」（服部良一作曲）を作った。

戦時中には、軍に要請され、古関裕而とともに土浦の海軍航空隊を視察し、彼と軍歌「若鷲の歌」を作った。軍歌というより、これは予科練に生活する訓練生の学園の歌というべきだと解説する人もいて、私もそれは正しいと思う。

戦後になって、私が少なくともメロディーがすぐ出てくるものとして「三百六十五夜」、「青い山脈」、「赤い靴のタンゴ」、「越後獅子の唄」、「トンコ節」、「こんな私じゃなかったに」、「芸者ワルツ」、「丘は花ざかり」、「この世の花」、「りんどう峠」、そして「王将」がある。

彼は将棋はできなかったという。それでも将棋を指す人を見て、あれだけの歌詞を生んだ。

彼の作品は実に幅が広い。しかも文体が千変万化する。「仇な年増を誰が知ろ」とか「初めて逢うた あの世の君が」とか「誰か故郷を想わざる」といういくぶん文語調があるかと思えば、「若く明るい歌声に」という口語調ももちろんあり、「花も嵐も踏み越えて行くは男の生きる道」とか「若い血潮の予科練の」という男性の言葉があると思えば、「君がみ胸に抱かれて聞くは」とか「みだれる裾もはずかしうれし」とか「蕾のまゝに 散るは乙女の初恋の花」という女性の気持ちも歌う。「君をちらりと見た夜から 胸はもやもや気はそぞろ」とか「さんざ遊んでころがして あとでアッサリつぶす気か」とか、というコミカルなセリフも出てくる。そしていかにも生粋の東京育ちであるだけに、「東京音頭」では「踊り踊るならチョイと東京音頭 ヨイヨイ」、「東京行進曲」では「ジャズで踊ってリキュルで更けて」とか「恋のストップままならぬ」とか「いっそ小田急で逃げましょか」とか、歌詞を見るとなんともシャレた表現、粋な言葉がふんだんに出てきて、いわばセリフの天才とも思われる。

たぶん、彼は相手が注文すればそれに応じて、どんな歌詞でも作ることができた人だったと思う。

彼は一九七〇年、七八歳で死去した。

第四章　さまざま

妻の岐阜県阿木の田舎の幼友達

私の妻、園子の幼友達で今も元気な親しい女の子たちがいる。それは、妻が小学生の時、母と二人で住んでいた岐阜県恵那郡阿木村（現在は中津川市）の阿木小学校の同級生の四人の女友達である。彼女たちはそれぞれ結婚していて、今でも低い山に囲まれた阿木に住んでいる。当時、園子の母は阿木高校の家庭科の先生をしていた。阿木は、明知鉄道（わずか一一駅）の一駅で中央本線の恵那駅（昔は大井と言い、中山道の宿場町だった）から南下して阿木、岩村などを通って南西に明智駅までに通じている。明智は大正村として有名だ。岩村はＮＨＫの朝ドラ「半分青い」で有名になった。また実践女子大の創業者下田歌子が出ている。偶然にも園子の母は実践女学校で下田歌子に習っている。また飯羽間の地域は最近では「農村景観日本一」と言われている。

彼女の母、畠山穆子（むつこ）は、日本女子大の家政科卒で教員の資格を持っていた。太平洋戦争が激しくなったので東京から疎開して、岐阜県の学校で先生となった。園子は最初は岐阜市の長良小学校の一年生に入学したが、その頃、彼女は非常に病弱で、ジフテリア等絶えず病気がちで、母はもっと空気のよい田舎に移ったほうがよいと判断して、長良小学校校長の野村芳兵衛先生から、友達の西尾彦朗先生（中津川市長にもなった）が高校を新しく作るので先生を募集していると聞き、二年生の時に山奥の阿木に移った。

小学校２年生、阿木の忠霊塔で、今井先生に連れられて。 前列右から３人目、ふくちゃん、二列目右から、かっちゃん、２人目、やっちゃん、３人目園子、後列、右から二人目 ちえちゃん

母と、京都伏見稲荷で

6年生の時、やっちゃんと

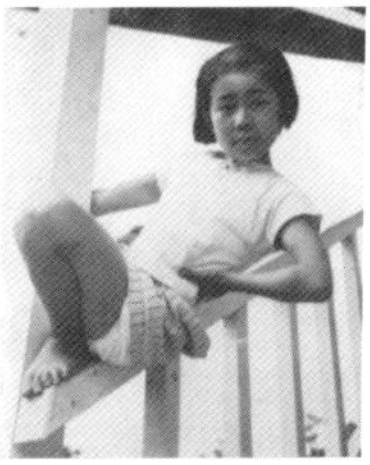

園子はその頃、名前が悪いのではないかと、佳子（よしこ）と変えてもいた。四人の名前は、かっちゃん、やっちゃん、ふくちゃん、ちえちゃんの四人で、園子は、よっちゃんと呼ばれていた。

当時、小学校の同年生は一〇〇人ほどで二クラスあった。修学旅行は、伊勢で、伊勢神宮や二見ヶ浦に行った。

園子は、阿木中学に一年までいて、その後、勉学のために東京に移った。

そもそも園子の先祖の畠山家は、新潟の猿橋村（新発田市）の神社の神官の出で、祖父の畠山健は、伊勢神宮教院と東京の皇典講究所に学び、東京で国学院大学の創設者の一人となり、教授をしていた国文学者であった。祖母は、島根県松江の出身で、東京の女子高等師範学校（女高師、現在のお茶の水大学）を卒業。なんと入学試験に友達と三人で松江から徒歩で東京に行ったとのこと。祖父、祖母は東京のど真ん中、麹町に住み、息子が三人、娘が四人生まれ、女中や書生が何人もいる裕福な生活をしていた。母は次女だが、女の子たちは皆女高師の付属小学校に人力車で通っていた。しかし、健が五五歳の時、庭で農作業中の細菌感染で亡くなったため、運命は暗転し、祖母は子供たちをあちこちの親戚に預け、園子の母は下田歌子の実践女学校の寮に入れられてそこを卒業している。以来、畠山家はずっと東京に住んでいたわけである。岐阜県で園子が育ったのは、全く戦争のためであった。

畠山　健氏

園子は、東京の叔母の家などに下宿して、東京の練馬区の豊玉中学、そしてほどなく目黒三中に転校し、その後都立新宿高校に進学、母と同じ日本女子大の英文科に入学して、ずっと東京住まいとなったので、阿木の幼友達とともにいたのは、六年間ということになる。母は定年まで阿木で勤め、母が東京に戻り彼女と一緒になったのは、彼女が高校二年になった時。その意味で、彼女は、住居にも学校にも相当の苦労をして（教科書が次から次へと変わったという）、大学に入学したと言えるであろう。実によく頑張ったと思う。

私たちが四人の子供の教育のめどがついた実年時代から、園子は、この親しい幼友達と、よく電話や手紙で、やり取りをするようになっている。クラス会に呼ばれて愛知県の犬山市の明治村および犬山城や、岐阜県の恵那峡に行ったこともあった。また、彼女たちがクラスのバス旅行で東京にきた時は、晴海のホテル浦島に会いに行った。普段は、向こうから、農作業の収穫物を送ってくれたりする。こちらは、大都市東京でしか購入できない化粧品とか、生活上の便利なもの、また御歳暮として、東京の佃煮等の特産品を送ったりして、交流を重ねている。特に電話で直接やり取りする時は、地元弁なども出ていて本当に楽しそうである。

かっちゃんは、製材所の奥さんだが、いろいろな野菜やお菓子を送ってくれているし、やっちゃんは、洋裁や日本舞踊をやっていて、毎年、友達の会社の見事なシクラメンを送ってくれている。ふくちゃんは文学、読書好きで、岩村名物のカステラや菊ごぼうを送ってくれる。またちえちゃんは暮れになると、収穫したお米や、ついた御餅、野采、干柿等いろいろ送ってくれる。

私たちは、ついでがあったので、二〇一二年二月に、多治見で泊まり阿木を訪れた。元放射線医学総合研究所の部長で、その時名古屋にある藤田医科大学教授となっていて岐阜県可児市に住んでいるなじみの下道国氏と多治見で待ち合わせ、彼の車で、二人で阿木に連れて行ってもらった。私は初めて阿木を訪れた（注一）。冬だったが快晴で、阿木のメインストリートは小さな

かっちゃんの家の中で

阿木の小学校、中学、高校

阿木高校の校門の記念樹の前で

グラウンドで、右よりふくちゃん、
やっちゃん、ちえちゃんと園子

阿木の風景

かっちゃんの製材所で、後列、左より、
ちえちゃん、ふくちゃん、やっちゃん、
園子、かっちゃん、前列、かっちゃんの
御主人を中央にして、左が私、

阿木川に沿っていて、川沿いにかっちゃんの御主人が木材の製材所を経営している。園子にとっては懐かしいそのあたりを散歩して、私にいろいろ説明してくれた。彼女の住んでいた家は、学校のすぐ近くにあった。母は勤めていたから、彼女は家に帰ると、出迎えてくれるのはいつも飼っていた猫のミーばかりで、しょっちゅう友達の家へ遊びに行っていたらしい。

ちえちゃんは、三人の娘の一人が関東に出ているので、東京に何度も来ていて、園子は一度、上野の不忍ノ池の近辺を案内して、大観記念館や、子規庵に行った。また、２０１９年、我々が名古屋に数日間滞在した時、小学校の男友達の写真家による展覧会が知多半島であって、園子は友達とそれを見に出かけた。私は、妻から、中部地方名物の五平餅（ふかしたうるち米をつぶしたものに味噌、醤油をまぶしたもの）や、なぜカステラが岩村で名物品になっているのか、などを聞いている。

２０１７年　上野で、ちえちゃんを子規庵、と大観記念館に案内

２０１９年　知多での写真展で、ちえちゃんとかっちゃんと

五平餅

園子の話によると阿木の女友達は、ほぼ一カ月に一度は集まり、楽しんでいるとのことである。ふくちゃんとの電話では、最近の阿木の悩みは、少子化の波が過疎地にも及び、阿木小学校の新入生は、ほんの四、五人になっているとのことだ。しかし、このように今も幼友達との交流ができているのは本当に素晴らしい。

注一　自著『いつまでも青春』内、「佐藤一斎」に、この旅行の時のことが簡単に触れてある。この時は、彼女たちと会う前に　下さんは、中津川市鉱物博物館（彼の展示品もある）や、木曽川を眼下に見下ろす苗木城祉を案内してくれた。上記の、妻の幼な友達と会って、その午後、再び自動車で、日本の三大高城の一つである岩村城の城祉（立派な城壁が残る）に案内された。ここで、資料館に寄ったのだが、本文で触れたように、園子の母が預けられた下田歌子は岩村の出身で、銅像まであった。不思議な縁を感じたものである。

下さんのお宅で、ご夫妻と

翌日は、八百津町の杉原千畝記念館、市之倉さかづき美術館、多治見市の加藤幸兵衛窯を案内され、そして、最後に我々は下さんの家に立ち寄り、奥様とも会って実に豊かな楽しい時間を過ごしたのであった。

階段の昇り

ようやく駅の階段を昇り切った。この歳になると、階段を昇るのがひどく難儀である。家の近くの都営地下鉄新宿線の新宿駅の六号昇り口を昇り切って私はしばし立ち止まった。足が棒のようになってだるい。地下の駅の改札を出て、最初の一〇段は問題ない。踊り場でゆっくり一八〇度曲がって次の一〇段、そしてまた次の一〇段、そこまではよい。下を向き左手を手摺りに添えながらゆっくり昇る。最後の二〇段余りが大変である。一七、一八、一九と数えながら昇る。そして最後の三段余りでどうしても足が重くだるくなってくる。

私は聖路加病院に長年務め、一〇五歳で亡くなった日野原重明氏のことを思い出していた。先生はいつも自宅から自動車で迎えられて中で原稿を書いていた。病院に着くと、エレベーターやエスカレーターには絶対に乗らず、階段を使って高い階にある名誉院長室まで昇られたという。

読書好きの私は日野原氏の著作を氏の生前に何冊も読んでいる。長生きした日野原氏にいろいろ学ぼうと思ってである。『生き方上手』、『１００歳になるための１００の方法』、『死をどう生きたか』、等である。それによると、先生は父母ともにクリスチャンであったからか、七歳で受洗されている。先生は少年時代に急性腎臓炎で休学、大学生の時に結核で闘病、学年遅れを経験され、京都大学医学部を卒業して以来、死ぬまで医者業をずっと続けられた。先生がその人生の転機だったというのが、一九七〇年の日本航空よど号ハイジャック事件であった。それは、赤軍派の学生たちに乗っ取られたよど号が、北朝鮮に行こうとしたのであるが、その飛行機に日野原氏はたまたま同乗していたのである。先生は韓国の金浦空港で解放されたが、飛行機には、身代わりとして山村新次郎政務次官を乗せて、北朝鮮に到着、犯人たちは北朝鮮に亡命した。

この時、日野原氏は医者としての名声を求めるというそれまでの生き方を変えて、ひたすら人を助けるという全人的な働き方を重視する、という奉仕の気持ちで生きるべきだと考えたという。

そういう生き方は私にはとてもできないと思った。自分は凡人であるから、そこまではできなくても、できる範囲で人を助けることには努めたい、とは思っていた。それにはまず健康第一とは思ってきたのである。だから、渋谷区のシニアトレーニング教室には週一度必ず出かけている。

しかし、七五歳頃から急に足が弱くなった。

若い頃は登山好きで、八ヶ岳縦走、テントを担いで北アルプス後立山連峰の縦走、朝日連峰の時は登山未経験で全く軽装備にした妻を連れて、キスリングは三五kgほどにもなり、四日間くらいの山小屋泊まりで、雄大な山々を縦走した。しかし、三〇歳を過ぎてからは、専門の仕事、研究に追われ、四人の子供の教育、気遣いなどにも追われて、登山は全くしなくなった。

特に、夕方から夜に友人たちと酒を飲むと、新宿から自宅に帰りつくまで普段だったら一五分くらいなのに、足がだるくなってへろへろになり、二〇メートルくらいおきに腰かけないとくたびれるので、一時間くらいかかることもある。ともかく足腰が弱っているのである。

家に帰ると、妻が「ああっ、ようやく帰ってきましたね。酔っ払いが」とにっこり笑って迎えてくれるのであるが、私はそのまま二階に上がり、着の身着のまま、万年床の布団の上にぶっ倒れて、数時間眠ってしまうこともある。

数年前も、横浜にある大岡川の花見で、右手にカメラを構えて上を見ていて、ちょっとした段差にけつまずいて、アスファルトの歩道に顔面から倒れた。カメラはすっ飛び、どうも顔面の何カ所からひどい出血をしたらしく、手で触ってみると、べっとりと赤い血が噴き出している。カメラをぶつけてひっかかれたのかもしれない。周りの人たちがどっと寄ってきて、「大丈夫ですか?」と騒いでいる。小母さんたちがティッシュペーパーを差し出したり、「救急車を呼びましょうか」と言ってくれるのであるが、私はそんなことをしたら大事になると思い、「いいえ、大丈夫です」と言って駅まで歩き、トイレに入って鏡を見たら、三か所から血が吹き出ていた。

電車の中でも、座席に座ってうずくまって、顔を血のにじむティッシュペーパーで覆っている自分を見て、対面の女性が「大丈夫ですか?」と寄ってきたり、隣りの女性がアルコール入りの簡易ハンカチのようなものを差し出したりしてくれた。こういう時の女性たちのやさしさに私はつくづく感謝の念を覚えた。

家へ帰ると、歌舞伎好きの妻が「あらっ、どうしたの、切られ与三郎みたいよ」とびっくりした様子であった。ともかく足の踏ん張りが利かなくなっている。

さらに「あなた、私たちはもう坂本九ちゃんの歌のように「上を向いて歩こう」はだめなのよ。私たちは「下を向いて歩こう」でなくてはね」と諭された。

駅伝

私は、小さい頃からかなりの駅伝ファンである。特に、正月の二，三日に行われる、箱根駅伝は、いつもほろ酔いの中で、テレビで楽しんできた。自分も中学校、高等学校を通じて、長距離競走は好きで、冬に行われる全校マラソン（中学五㎞、高校一〇㎞）では、いつも入賞のズボンのバックル（といっても学年二〇位以内だが、時には五位以内になったこともある）をもらっていた。

一〇年前にも一度、箱根駅伝に対する思いを書いたことがある。（注一）。

そもそも、駅伝がこのように盛んな国は、日本しかないようだ。これは、由来から言うと、一九一二年、日本がオリンピックに初めて参加した第五回ストックホルム大会で、短距離の三島弥彦とともにわずか二名の代表の一員としてマラソンに出場した金栗四三が惨敗し（途中棄権）、帰国後、日本マラソンの強化のために、彼が発案したとのことである。八年後の一九二〇年、「四大専門学校対抗駅伝」が開催され、これが箱根駅伝の創設であったとのことだ。

このような発想は、どこから生まれたのであろうか。私は勝手な推測ながら、日本の古くからの、飛脚や早駕籠の伝統が大きく作用しているのではなかろうかと思う。政治が安定した江戸時代、江戸から京都まで、通信物を運ぶため、飛脚はリレーで、三、四日で走ったようだ。また、元禄時代、浅野内匠頭の江戸城の刃傷沙汰で、一刻も早くその報をと江戸から故郷の播州赤穂までの早駕籠は有名である。これには四日半かかったという話だが、次から次へと交代要員が動員され駕籠だから少なくとも前後二人、八〇人前後が担いだようだ。

こんな歴史が日本の駅伝の発想に、少なからず影響しているのではないかと思うのである。今では、箱根駅伝だけではなく、実に多様な異なる駅伝競走が日本で行われている。

一〇月の出雲大社を出発点とする出雲駅伝（六区間、四五・一㎞）、一一月の熱田神宮から伊勢神宮への全日本大学駅伝（八区間、一〇六・八㎞）が箱根駅伝に加わり、大学三大駅伝と言われるが、先述のように、第一回の箱根駅伝は早慶明と東京高等師範（現筑波大）の四校で争われて高等師範が勝ったとのことである。距離も圧倒的に長く、二日間で争われるのは、この駅伝だけで、途中、道路の事情で変わったりしたが、現在は一〇区間、二一七・一㎞である。近年は、前年一〇位以内のシード校と予選からの上位一〇校、それに学年選抜（二〇校以外で優秀な選手で構成される）の二一チームで争われている。私が子供の頃から中高時代は中央大学、日本大学が強かったが、近年は東洋大学、駒澤大学、青山学院大学の連覇が続いたりして、優秀校が全く変わってきた。早稲田大学は常に上位校の一角を占めることが多い。二〇二三年には、駒澤大学が史上五校目の大学駅伝三冠を達成した。調べてみると、三冠は大東文化大、順天堂大、早稲田大、青山学院大、そして駒澤大とのことである。そして、この直後、駒沢大の大八木監督（六四歳）は勇退を表明し、後任には、一時期マラソンの日本記録保持者であった藤田敦史が就任した。大八木監督は、部員五〇人の面倒を見るのが、体力的につらくなり、一昨年夏頃にその決意を部員に伝えたという。二九年間の大学監督生活で、「妻には寮母として長い間苦労させてきた。休んでもらいたいという思いもあった」と述べた。監督というのは、彼の場合、夫婦ぐるみであったわけである。一方、三位だった青学の原監督はその後のテレビ放送で、箱根駅伝を関東だけでなく全国からの大学の駅伝にすべきだと述べた。二〇二四年は第一〇〇回でそれは実現した。二三年一〇月の予選会に関東以外の大学一一校が参加した。もっとも結果は二〇位まで（一〇位までが出場できる）、関東が独占し、それ以外では京都産業大学の二七位が最高位であった。出雲駅伝、全日本大学駅伝では、今年も駒澤大学が優勝した。しかし箱根駅伝は上記と違って約二倍、一人平均二〇㎞だから条件が異なる。結果は箱根駅伝を走ったことがない名将原監督が率いる青山学院が大会新記録で優勝、駒澤大学は二位であった。私は渋谷区に住んでいるのでここ数年間、同区内の青山学院大学、そして、妻の祖父が創立者の一人である国学院大学がずっと上位校であるのは嬉しいことでもある。各校とも一秒でも早くと全力で駆け抜け、中継所で引き継ぎを終えて道路に倒れ込む選手たち。このような風景はほかの駅伝にはなく、いつも胸を締め付けられる。

一五年前の二〇〇九年、長女の所帯が品川の新八ツ山橋のすぐ近くにあって、息子夫婦など五家族で正月宴会を楽しんでいた時が正月三日の復路の時で、昼近くにアパートから降りていって沿道で選手が来るのを子供たちや孫たちと待ち構えたことがある。あの時は東洋大が強くて最終一〇区でトップで走ってきた。そしてアッと言う間に走り過ぎていった。続いて、二位、三位の大学が競って現れたが、沿道にいると、観客は割合静かで、テレビのアナウンサーの興奮する声を聞きながらの放送に比べて、沿道はそんなには熱狂的ではないんだ、と認識した。

最近は、大学駅伝だけでなく、元旦に群馬県内を走る男子の全日本実業団対抗駅伝（いわゆるニューイヤー駅伝、七区間、一〇〇㎞）がある。ここでは、大学駅伝で鳴らした選手、オリンピック長距離日本代表の選手たちなど、たぶん日本で最もレベルの高い長距離選手が集っていると思われる。四区はインターナショナル区間でなんと上位チームの大部分が黒人である。二〇二四年、ホンダは三連覇を目指したが二位、トヨタ自動車が八年ぶりに優勝した。

仙台を走る女子の全日本実業団対抗駅伝（クイーンズ駅伝）、年末の京都を走る男子及び女子の全国高校駅伝、富士山近くを走る全日本大学女子対抗駅伝がある。また都道府県別対抗駅伝は男子は広島で天皇盃、女子は京都で皇后盃を競い、高校生、中学生、大学・社会人の区間があり、年齢別のいろいろな選手が走る。私は、京都は大学での学会を始め、研究会にも何度も行っているし、博士論文の時は、解析に東大の日立のＨＩＴＡＣはターンアラウンドが長くてどうにもならないので、京大の富士通のＦＡＣＯＭを使うために京大の北白川宿舎に長いこと宿泊したこともあり、観光地としても訪れているので、京都の通りは何度も歩いている。だから駅伝で走る道もだいたい知っていて、これらの景色がつぎつぎ現れるのも実に懐かしい。私は、これらの駅伝と名がつく、さまざまな競技をテレビで楽しんでいる。毎年、中学生の全国駅伝までも行われているとのことである。

これらが、将来の陸上長距離、とりわけマラソン選手の育成に多大な貢献をしているのは、よく知られたことである。

これはひたすら前に向かって走るというもっとも単純な競技であるのだが、それだけにある種の極限の人間の行動を端的に示していて、人生行路のある時のパターンを象徴するものになっていると思う。

考えてみれば、戦時中の軍人、民間の人々もこれと寸分たがわぬ精神でことに当たったのは確かである。「勝って来るぞと勇ましく、誓って国をでたからに、手柄立てずにおらりょうか」と「露営の歌」を歌った人々、国民全体も必死の思いであったのだ。ただ、勝負の対象が戦争であって異なっていた。平和の時に、その闘志をスポーツにぶつけられる時代、本当に現在の日本は恵まれている幸福な時代とつくづく思う。

傘寿も過ぎると、やがて自分たちの世代が終わりに近づいてくるのを考えると深刻な思いにもなる。そもそも、我々は人類のある時期、一定期間、駅伝の選手がたすきを受けて、自分の区間を走るように、世代を走り、社会を走り、子孫をつくり、やがて次の世代につないでいく、という存在なのである。そして、人類は存続していく。これがはたして永遠に続くであろうか。どうなるであろうか。

注一　自著『折々の断章』内、「箱根駅伝」。

近所の草花・花木の遊覧

前にも書いたのだが、最近はコロナ禍もあって、運動不足を補う目的もあって、明治神宮へ散歩に出かけることが多くなり、そこへの行き帰り、あちらこちらの庭が目に入る。そしてそれらを見ると、まあ、実に多くの人たちが、家の前、自分の庭を種々の花で飾っているのに感心もし、楽しんでもいる。私は自分の庭の世話など、全く意の如くならず、たまに種を買ったり、球根を買ってくるのだが、その年には花が綺麗に咲いて嬉しくなるが、翌年になると継続的に花を咲かすことができない。まあ、自分の知識も、経験もとても少ないので、当然ではあるのだが。

たぶん、よその家の人たちは、もともと地方の農家の出身とか、幼い頃から親が熱心な庭造りの人であったり、御本人自身、長年の花作りにいそしんでいる人がたくさんいるのだろう。

これらの人たちと異なって、私は東京生まれの東京育ち、小さな庭があるとはいえ、やむを得ない。どうも土作りからできていないようだ。これがすべてを決定しているように思う。時々粒になっている肥料を購入したり、花を咲かす液体肥料を買ってきて処方箋のとおり、一〇倍に薄めてかけてやったりするのだが、なかなかうまくいかない。

我が家も、かつては香木の沈丁花、クチナシを植えていて、五、六年咲いたのだが、やがて枯れてしまった。

昨年球根を購入しその時は綺麗にたくさん咲いたラッパ水仙が、今年は、葉がのびのびと育ちつぼみもいくつかできていたのだが、遂に花咲くところまではいかなかった。随分上記の液体肥料をかけたのに。全くどうしていいのかわからないのである。毎年、妻の岐阜の幼友達から送ってくるシクラメンが見事に咲いた後、なんとか冬を越すにはと、ネットで調べて色々工夫するのだが結局翌年に出てくることはない。今年は、大好きな雪柳だけが、清楚な花を咲かせた。

我が家の雪柳

道路沿いの草花

白いあじさい

カサブランカか？

モッコウ薔薇

私は台所で出る生ごみを定期的に庭に埋め込んでいる。それで、毎年のように、家にある伊予柑や富裕柿は実るのだが、どうも花は上手くいかない。よその花は見事に咲いている。

新宿、代々木駅に近い、このあたりは、戦後、私が子供の頃は、大きな家や屋敷も多かったのだが、戦後七〇年も過ぎると、大きな家は非常に数が少なくなって、その代わりとして、四、五階建てのマンションが多くなっている。これは、個人の相続で、土地の分割が兄弟姉妹間で進み、また定年以後の安定収入を願って、分譲や賃貸経営をしている人たちが多くなっているからと思われる。持ち主は多くの高齢者になっているという状況が反映している。

だから、庭があっても、多くは小さな庭で、その代わりに道路沿いに、プランターや鉢に植えた草花を咲かせて置いている家が多い。それらは、多様な色の三色すみれ（パンジー）、ペチュニア、チューリップ、デージー、日々草、たち葵、テッセン（クレマチス）、ゼラニウム、ガーベラ、けいとう、さまざまの色である菊、萩、矢車草、桔梗、薔薇、芙蓉、牡丹、しゃくなげ、マリーゴールド。まあ、この文章を書くのに、それらの花を確認しながら散歩をしたのだが、何ごとも新しく知るのはとても楽しい。ベゴニア、山百合、ヒヤシンス、すずらん、カンナ、ひまわり、ハイビスカス、芍薬、コスモス、君子蘭、その他にも、私が名前を知らないいろいろな花々を咲かせている。実にさまざまの花が家の庭や道路に沿ってのサイドに見事に並んでいる。小さな公園には、クイーン・エリザベスとか、マリア・カラスなどという名札が示されている見事な薔薇が多種多様に咲いている。

また、季節に応じての花木、梅、桜、辛夷（こぶし）、レンギョウ、ミモザ、つつじ、はなみずき、木蓮、杏（あんず）、花桃、やや熱くなると、椿、しゃくなげ、藤、木槿（むくげ）、夏椿、夾竹桃、百日紅（さるすべり）、ブーゲンビリア、エンジェルトランペット、金木犀、泰山木、寒くなると山茶花など、家の塀を超えて、それぞれの季節になると見事に咲き誇っている。

こうなると、最近は、もう、自分の庭はほどほどでいい。よその庭を自分のものとして、眺めて楽しめばよい、と考えている。古代の仁徳天皇は、周囲を眺め、家々から煙が立っていないのを見て、租税徴収を控え、やがて、煙の立つのを見て、「民のかまどは賑わいにけり」と言ったという。私はおよそ身分も異なるが、そんなものの見方でいいのじゃないか、町も道路沿いも私の生きている環境（領地）の一つ、わが庭の延長なのだ、なんて考えるようになった。

こぶし

百日紅

花　桃

はなみずき

公園の薔薇

エンジェルトランペット

三という数はめでたい数

世の中、三という数は非常に座りがよいようだ。ものごとに対して何かというと三でまとめることが実に多い。三次元の物体は二点では不安定で三点で支えられて初めて安定する。人間の心理状態も類似のことであろうか。堺屋太一氏はものごとの整理にいつも三を用いた（注一）。

そういえば、結婚式の三・三・九度の盃というのもある。プロ野球の三冠王は打率、打点、本塁打の三つでトップということで、調べてみると、日本の戦後では、一九六五年、南海の野村克也が最初で、その後、巨人の王貞治が二度、ロッテの落合博満が三度、阪神のバースが二度、ほかには阪急のブーマー、ダイエーの松中信彦しかいなかったが、二〇二二年、一八年ぶりで、ヤクルトの村上宗隆が最年少二二歳で獲得した。

日本三景、東北の三大祭り、京都の三大祭りなどと、とかく三でまとめられる。歴史では、幕末の三舟、勝海舟、高橋泥舟、山岡鉄舟、維新の三傑、西郷隆盛、木戸孝允、大久保利通などがあげられる。

これらは一説によると、徳川幕府の御三家の設定がその始まりとも言われる。家康が宗家が跡継ぎができない場合に備えて、徳川を名乗ることができる尾張、紀州、水戸の三家を作った。実際、家康の九男義直、一〇男頼宣、一一男頼房がその開祖である。その効果は八代吉宗が紀州から選ばれたことで意味を持った。また吉宗はさらに彼の血筋を引く御三卿、田安、一ツ橋、清水家を作った。これは、幕末、水戸家の当主斉昭の七男慶喜が跡継ぎのいない一つ橋家の養子となり、その後、一五代将軍となり、結局水戸家の後継が最後の将軍になったのである。

人物としては、平安時代の書道の三筆、空海、橘逸勢、嵯峨天皇というのもあるが、これはいつごろから言われたのかと調べてみると、貝原益軒が『和漢名数』（一六七八年）で最初に言い出したとあるから、やはり、江戸時代である。一六八〇年の『合類節用集』には、三跡として、小野道風、藤原佐理、藤原行成の名が見えるという。

御三家というのは、青春歌謡の御三家などと芸能界の歌手売り出しに使われ（最初の御三家は、終戦まもない頃の、岡晴夫、田畑義夫、近江敏郎で、当時は三羽鳥と言われた）、三人娘などという言葉も新しい女性歌手が出てくるたびに何回も使われた。スポーツでも一位、二位、三位までが、金、銀、銅メダルを獲得し、野球でも、クリーンアップトリオが強力なチームは優勝する。私のようなオールドタイマーにとっては、戦後の三原監督時代の巨人の青田、川上、中島、阪神の別当、藤村、土井垣、同じく三原監督の西鉄時代の、豊田、中西、大下、戦後阪神初優勝の吉田監督時代の、バース、掛布、岡田の三連続ホームランなどが懐かしく思い出される。

外国では、中国での『三国志』、フランスでの『三銃士』などの物語で、それぞれ、それ以外の脇役、主役はいるものの、私もそれらを読んで少年時代から血沸き肉躍る面白さを味わった。

フランス文学の泰斗、名随筆家であった辰野隆氏が、「私にとっての文学の三尊は、露伴、鷗外、漱石である」という文章を残している（注二）。三尊というのは、法隆寺の釈迦三尊像からとったものであろうか。

私もそれにならって、私にとっての幾つかの三を選んでみた。いずれも、過去に感銘を受けたものとして、いままでの自著に書いた人ばかりであるが（その意味で、私の心の中で確立されたものとしてどうしても古い人たちということになるが）、敬称略で次のようになる。

私にとっての文学の三尊は、綱淵謙錠、城山三郎、小島直記である（注三）。その所以はすでに個々に詳しく記述したことがあるので、ここではできるだけ簡潔に書いてみることとしたい。

いずれも人生の男の生き方を主題にした作家である。綱淵謙錠は虚飾を入れず事実を正確に詳述することに徹底、また歴史における敗者に限りない愛惜の想いを書いた。城山三郎は、企業において苦闘する人々の姿を書いた。私が若い頃は、その社会的小説に熱中したが、現在はむしろ『「男の生き方」四〇選』や随筆『この命、何をあくせく』のように、彼の生き方、その柔らかい感性により惹かれる。小島直記は、社会の広い分野にわたって伝記文学を書き、この両者は偉大な人々の姿とともに、自らの人生行路における苦闘や感慨を、年取ってから率直に記した。彼らは、いずれも国内ではあるが軍隊生活を経験している。さらにこれにあえて加えれば、吉村昭（注四）だろうか。世に人気のある司馬遼太郎が「史談小説」と言えば、吉村昭は「史実小説」で、自らの徹底的調査をもとにして、作品を書いた。

随筆の三尊は、寺田寅彦、辰野隆、遠藤周作である（注五）。

寺田寅彦は病弱ではあったが、言うまでもなく物理学者として一流、また随筆家としては超一流である。最近、彼の日記などをもとにした著述『ふだん着の寺田寅彦』（池内了著、平凡社、二〇二〇年）を読み、彼が、超甘党であったこと、死ぬ三日前まで吸っていたほどのタバコ好きであったこと、心配性で絶えず子供を医者に診てもらっていたことなど、彼が人間的にも多くの弱点を持っていたことを知ったが、それで親しみが増したとはいえ、彼を尊敬する気持ちは変わらない。辰野隆は、スポーツマンであり、その達筆はまことにカラッと男らしく、明るく書いた。遠藤周作は、狐狸庵随筆でユーモア満点、自らをだらしない男として、ともかく優しい気持ちで人を喜ばす振る舞いで、思う存分書いた。私は中年になって、彼に脱力の人生を教わり、もっとも大きな精神の変革の起点となった。

女性作家で評価し、また好きな三人と言えば、与謝野晶子、田辺聖子、佐藤愛子である。与謝野晶子の詩歌でのきらきらした感性、日露戦争真最中に「君死にたまふことなかれ」と書いたバイタリティーは傑出している。田辺聖子は、国文学への教養とともに、的確な女性の人間観察が素晴らしい。佐藤愛子は孤軍奮闘し「怒りの愛子」とも言われながら、からりとした気風のよさ、その実、精神的に強い男に尽きせぬ憧れを持ち、たおやかな優しい女性のありように数々の提言をし続けた（注六）。

詩人の三尊は、陶淵明、高村光太郎、茨木のり子となる（注七）。

陶淵明は、年取ってからの感慨を詩に書いた。彼の詩『飲酒』は私にとっての聖書である。高村光太郎は、私の高校時代、『道程』、『秋の祈り』等によりひとしきり熱中した。茨木のり子は女性でありながら、常に姿勢を正し凛とした詩を書いた。また早世した夫を慕う詩をいろいろ書いた。

理系学者としては、何と言っても朝永振一郎であり、エンリコ・フェルミ、そして梅棹忠夫である（注八）。京大研究室で同室の湯川秀樹に劣等感を抱き、理研に移ってはアメリカ帰りの菊池正士や藤岡由夫の能弁にこれまた舌を巻いた朝永氏。ライプツィッヒで、ビールを飲むのが唯一の慰みで、もう地方の高校か中学の教師になるしかないかと悩んだ彼が、その後ノーベル賞受賞者に至る過程は非常に面白く、また戦後の原子核物理学を引っ張った指導者として敬愛された一方、洒脱な落語好きでユーモアのある随筆を書いた。その多面性は私がもっとも敬愛する先生である。フェルミは物理理論、物理実験の両者でまるで天馬空を行く天才ぶりだった。妻がユダヤ人であったため、ナチスからいち早くアメリカに逃れてからの活躍は原子炉の連鎖反応の実現など工学にも及んだ。梅棹忠夫が湯川秀樹との対談で「生物学や情報には、物理学にないジェネレーティブな動きがある」と話したのは、忘れ得ぬ指摘であった。

政治の分野では、石橋湛山、緒方竹虎、エドウィン・ライシャワーである（注九）。政治家として、私がそのスケールの大きさ、ものごとの判断、胆力、決断力において、傑出していると思うのは、幕末の勝海舟であるが、これはやや時代が古いので、もう少し新しいところから選びたく思う。日本の近代の政治家で実績から言えば、戦後の日本の道筋をつけた吉田茂、日米協調で安保改定反対という戦後最大の国民運動を押し切った岸信介、今太閤と言われ、裏日本の発展に実績を挙げた田中角栄、また全体的視野で日本を引っ張った中曽根康弘などが挙げられるが、人間のタイプとして私が好きなのは上記の三人である。私が最も尊敬するのは石橋湛山で、戦前は政府、軍部を恐れず、多くの言論をなした。彼の大陸への侵攻を批判し、小日本主義を主張した言論は時代を抜いていた。また言うまでもなく戦後の進退の潔さは清々しい。緒方竹虎は小野派一刀流の目録を持つ剣道の達人であり、朝日新聞主筆として二・二六事件の反乱将校と相対し、戦後進駐軍のＧＨＱに呼ばれ銃口を突き付けられながら「検閲に反対するのか」という相手に対し言論の自由を堂々と述べ折れなかったことは同時に呼ばれた松前重義氏が書いている。最近の政治家に比べて風格があり、彼が副総理となりながら早世したのは実に惜しかった。ライシャワーは、日本をよく知り比類のない国際感覚で日米間の架け橋となった。駐日大使であったから、政治家というより役人と言うべきであるが、安保改定反対運動の反米闘争でただならぬ雰囲気であった一九六一年より日本に赴任し、その優れた日本の理解で、政治家以上に、日米融和に貢献した。日本で暴漢に襲われたが、大量の輸血で命をとりとめ「私は日本人からたくさんの血をもらい、本当の日米の混血児になった」と述べたコメントは、実に印象深い。この三人には、人間としての豊かな香りがあった。

政治あるいは政治評論では、丸山眞男、日下公人、岡崎久彦（注一〇）。

丸山眞男の鋭い分析能力は今更多言を要しないだろう。彼は真摯な学者であり、後年、自分が高度経済成長を予測できなかったことを謙虚に反省した。日下公人は政治の洞察力、人間の洞察力ともに抜群で、リアリストとはまさに彼のことだと思う。彼の健康性、向日性はほかに類を見ない。暗い批判ばかりするほかの評論家と異なり、彼の文を読んでいると、常に勇気と元気をもらう。これの対極が、国際関係は力が全てであるのに、思考停止による信仰に近い純朴な平和主義である。岡崎久彦は官僚でありながら上司の異なる見解に敢然と挑戦した。その現実を見る目は正しく政治家も結局は彼の集団的自衛権の説に従うことになった。現在、活躍中の人では、寺島実郎が、現状分析ではピカ一だと思うが、具体的な政策については、あと一つ踏み込んだ提言がないということは、かつて前著『余暇を活かして入るのか』内、「社会評論家について」で述べた。

経済人としては、下村治、飯田経夫、中山素平（注一一）。

下村治は一九六〇年代後半の日本の高度経済成長政策を牽引した先見性で光るが、それ以上に、よくある学者の万年野党的発言に対し「理想論で永遠の真理に身をよせる議論は気楽なものなんです」と言ったという言葉に私は打たれた。飯田経夫は、人々の生活を向上させるために私は経済学者となったが、ここまで豊かになった今なら絶対に経済学を専攻しないだろう、といったヒューマニズムに感動した。中山素平の粘り強い業界再編の努力は立派であった。現在は興銀のような長期銀行の巨大融資の役割は、ぐっと減ったように思われ、銀行の存在感が希薄になった。

社会評論では、山崎正和、ピーター・ドラッカー、柳田邦男（注一二）。

山崎正和は、柔軟な発想で、時代とともに、人々が生産より消費、それも物でなく時間を消費することに興味の対象が移っている今日の生活のあり様を鋭敏に捉えた。ドラッカーは経営学の神様のように言われたが、彼の、大学にも行かずジャーナリストになった経歴と、今から四〇年以上前の一九七〇年代、すでに日本が高齢化社会のリードオフマンになると予告した先見性に驚嘆した。私が柳田邦男の書で最初に熱読したのは『ガン回廊の朝』、『ガン回廊の炎』、『ガン五〇人の勇気』で、がん専門病院である放射線医学総合研究所に移動する五〇歳前後であった。その後、人間の生死を扱った数々の彼の著作を読み、その真摯な姿勢に感嘆してきた。評論というのは、多くの人が、随意に意見を述べたものであるから、彼ら以外にもまだまだ聞くべき人はたくさんいるのだが、その中では、特に堺屋太一が才能を発揮したと言うべきであろう。

教育者では、福澤諭吉、小泉信三、松前重義（注一三）。

私が小学生三、四年生くらいで、最初に父が買ってきてくれた少年偉人伝は偕成社の『福沢諭吉』であった。また恩師木村道之助先生に中学の時、勧められた二冊の本のうち一冊が『福翁自伝』だった。以来、彼の生き方は私の模範になった。彼の少年時代の合理的発想は、終生変わることがなかった。福澤の社会に及ぼした巨大な影響は、今更述べるまでもないであろう。最後まで民間にあって、自分の意思を通した。小泉信三は戦後、左翼全盛の時代にあって、一人冷静に共産主義の弊害を指摘し、みずから皇室に民間からの血を入れることを主張して、美智子さんの皇后への流れを作った。松前重義は逓信省にあって、大戦前、日米の産業力を比較し、日本がわずかアメリカの三％しかないことで危機感を持ち、打倒東條内閣の運動をして、彼から睨まれ二等兵として、爆薬運搬の船に乗せられ、前後の船が全て爆沈されながら、機転により石炭船に乗り換えフィリピンに着いた。戦後は、戦中に作った航空科学専門学校、電波科学専門学校の流れを統合し東海大学を創立した。日本で初めて原子力教育を開始した教育界の巨人である。

企業人は、枚挙にいとまないほど数は多いのだが、敢えて三人を選ぶと、石坂泰三、土光敏夫、平岩外四である。これと匹敵するのが、牧野昇、稲盛和夫、堀場雅夫であろうか。彼らを短い文言で述べるのは不可能である。いずれも詳しく一節を設けて記述した（注一四）。

お坊さんとなると、私が尊敬するのは、博多の仙厓義梵、鈴木大拙、松原泰道（注一五）。

江戸時代中期、老年になっての飄逸な禅画で、有名になった仙厓は、親に捨てられて木こりに拾われて育ち、中年、自らの数々の苦悶の中で、遂に日本で最古の禅寺、博多の聖福寺の住職に推薦され、以後、そこの再興に尽くし、名僧となった。鈴木大拙は、幼児期に父を亡くし二〇歳で母を亡くし、大学生の頃に、鎌倉円覚寺に参禅し、アメリカに一一年間滞在し、その後、数々の翻訳をなし、仏教に惹かれて訪日していたアメリカ人女性ベアトリスと結婚し、世界に禅を広めた。松原泰道は一〇二歳まで生きた臨済宗の僧侶。その説くところは、類まれな優しさに満ちているし、その和やかな風格に打たれる。

クリスチャンでは、日野原重明、田中耕太郎、アルフォンス・デーケン（注一六）。

一〇五歳まで生きられた日野原氏については、今更説明も必要ない。田中耕太郎は一時期の師内村鑑三に破門されたが、カソリックになり、後年法学部長として、内外からの多くの批判に耐え大学の崩壊を食い止めた勇気に感動した。デーケンは死生学が重要であることを内外に示した。

私は、自分自身では宗教人になりえない性格だと思い定めているので、これらの宗教家たちに惹かれるのは、その生き方そのものにある。

以上に記した人たちで、私が直接会ったことがあるのは、城山三郎氏と朝永振一郎氏、梅棹忠夫氏だけで、それも遠くから講演会場で眺めただけである。だから私の知識はすべてその人たちの作品の読書によっている。

個人的恩師となると、木村道之助、山本光、平尾泰男の諸先生方である（注一七）。もっともその他非常に多くの先生のおかげで私の今日がある。

私がこれらの人たちを選ぶにあたって一番重視するのは、その人たちの「高潔さ」であり、また、人生に対する「見識」である。そしてもう一つは、非常に個人的な感覚だが、その人の「人としての香り」とでも言ったらいいのであろうか。何となく、恬淡とした、身を捨てたような禅味を帯びたといった雰囲気が好きなのだ。

女性としての美しさとなると、『鉞子（えつこ）』という本に出てきた、『武士の娘』の主人公、杉本鉞子を支えたアメリカ宣教師のフローレンス・ウィルソン。津村節子は、九歳の時母を亡くし、一五歳で父を亡くし、三姉妹の次女としてドレメで洋裁を学び、店を開いたりした。若い頃から、文学に目覚め、やがて吉村昭の妻として自らも同業の仕事をしながら、夫の自らより遅れた受賞に涙に暮れた。国連で難民救助で活躍した緒方貞子、ハンセン病患者に寄りそった神谷美恵子、遠藤周作の妻として病弱の夫を支えた遠藤順子さんなども印象深い（注一八）。人に尽くす、夫を始め家族に尽くすとか、戦争や病気で苦しんでいる人を助けるなど、女性にはひたむきな奉仕の精神があり感動させられる。

考えてみると、これだけ多くの人々、またここに含まれていない親しい多くの友人に支えられて生きてきたんだなあ、と思うと、我が人生は実に幸せであったと、感慨を持たざるを得ない。

注一　自著『志気』内、「堺屋太一『危機を活かす』」、および自著『思いつくままに』内、「官僚について」。

注二　自著『折々の断章』内、「辰野隆氏」。

注三　自著『志気』内、「綱淵謙錠『人物列伝幕末維新史』」、自著『いつまでも青春』内、「城山三郎氏」、自著『楽日は来るのだろうか』内、「伝記作家　小島直記氏」。小島直記については、その後『出世を急がぬ男たち』、『逆境を愛する男たち』、『回り道を選んだ男たち』、『老いに挫けぬ男たち』を読んだ。いずれも雑誌『選択』および『日経ビジネス』に連載された短文であるが、年取ってから、人間がさまざまな生き方をした逸話の集積であり、事業などの変転の時の決断を記したものが多い。いずれも含蓄のある文章で興味が尽きなかった。中でも、聖将と言われた今村均が、インドに居る時、妻が三〇歳で三人の子供を残して病没したことなど、新たなる事実を知ることも多かった。氏の類稀なる多読の集積の感懐が書かれている。

注四　自著『思いぶらぶらの探索』内、「夫婦が共に作家である人たち」。

注五　自著『いつまでも青春』内、「寺田寅彦論」、自著『折々の断章』内、「辰野隆氏」、自著『志気』内、「遠藤周作　『ぐうたら』随筆」。

注六　自著『遠くを眺めて、近くへ戻る』内、「女性のまなざし」。

注七　自著『悠憂の日々』内、「まえがき」で陶淵明の「飲酒」について述べ、高村光太郎は、同著内、「青春前期の詩」で、茨木のり子は、自著『気力のつづく限り』内、「ある日の文学散策」で記した。

注八　自著『楽日は来るのだろうか』内、「学者として好きな人　朝永振一郎氏」、大学院時代、エンリコ・フェルミ著『原子核物理学』を研究室の輪講で勉強したが、彼の天馬空を行くが如く理論、実験にやることなすことに新境地を開くその天才ぶりに驚嘆した。ベータ崩壊の理論、量子統計力学におけるフェルミ統計、宇宙線のフェルミ加速理論、中性子による散乱実験、原子炉のウラン連鎖反応の実現など、その活動は信じられないくらい広範にわたる。梅棹忠夫については、自著『志気』内、湯川秀樹氏との対話「湯川秀樹・梅棹忠夫『人間にとって科学とはなにか』」における、物理学と生物学の違いの発言が印象的であった。

注九　勝海舟については、自著『志気』内、「勝部真長『日本人の思想体験』」および「綱淵謙錠『人物列伝幕末維新史』」。石橋湛山については、自著『悠憂の日々』内、「「私の履歴書」読後感」および、自著『楽日は来るのだろうか』内、「伝記作家、小島直記氏」で。緒方竹虎については、自著『楽日は来るのだろうか』内、「新聞、思い出と今後、その時代は過ぎたのか？」で、特に注一でやや詳しく記述した。ライシャワーは、自著『志気』内、「エドウィン・ライシャワー、『ザ・ジャパニーズ』」で述べた。

注一〇　丸山眞男については、自著『志気』内、「丸山眞男『現代政治の思想と行動（上・下）』」および、自著『くつろぎながら、少し前へ！』内、「学者として好きな人　丸山眞男」で。日下公人は自著『志気』内、「日下公人『どんどん変わる日本』と『すぐに未来予測ができるようになる六二の法則』」および、自著『気力のつづく限り』内、「日本経済の行方」、そして自著『遠くを眺めて、近くへ戻る』内、「常にプラス思考の日下公人の向日性」で。岡崎久彦については、自著『小説「ああっ、あの女は」他』内、「国の軍事的防衛」において。

注一一　下村治は、自著『志気』内、「ジョン・ガルブレイス『新しい産業国家』」でと、自著『くつろぎながら、少し前へ！』内、「学者として好きな人　丸山眞男」で、引用記述した。飯田経夫は、自著『志気』内、「飯田経夫『「豊かさ」とは何か』、『「ゆとり」とは何か』、『「豊かさ」のあとに』」で。中山素平は、自著『穏やかな意思で伸びやかに』内、「中山素平氏」で述べた。

注一二　山崎正和は、自著『志気』内、「山崎正和『柔らかい個人主義の誕生』」および、本書で「山崎正和氏を悼んで」。ピーター・ドラッカーは、自著『心を燃やす時と眺める時』内、「人口減少、高齢化問題」で。柳田邦男は、自著『「明日がより好日」に向かって』内、「がんを生きた人々」で。堺屋太一については、自著『志気』内、「堺屋太一『知価革命』、『危機を活かす』」。また山崎氏と堺屋氏について、両者の異なる資質を自著『折々の断章』内、「頭の働き方―山崎正和氏と堺屋太一氏―」として論じた。
以上、注九、一〇、一一、一二については、自著『余暇を活かしているのか』内の「社会評論家の存在」でも、注目した一部の人々に関して、縷々、記述した。

注一三　福澤諭吉は、何回となく述べているが、あえて選べば、自著『志気』内、「綱淵謙錠『人物列伝幕末維新史』」および、自著『折々の断章』内、「小泉信三著「福澤諭吉」について」である。小泉信三は自著『折々の断章』内、「小泉信三氏」。松前重義は、自著『悠憂の日々』内、『私の履歴書』読後感」で記述した。

注一四　あえて三人を選んだが、石坂泰三は、自著『坂道を登るが如く』内、「文系人間　石坂泰氏」、土光敏夫は、同著内、「理系人間　土光敏夫氏」、平岩外四は、自著『「明日がより好日」に向かって』内、「平岩外四氏」で。

注一五　仙厓義梵は、自著『「明日がより好日」に向かって』内、「博多の仙厓和尚」。鈴木大拙は、自著『悠憂の日々』内、「『私の履歴書』読後感」で記述。松原泰道については、自著『遠くを眺めて、近くへ戻る』内の「年とってからの著作」で、彼が九〇歳過ぎても、一〇冊以上の本をものにされたことに触れた。

注一六　日野原重明は、たびたび触れている気がするが、自著『いつまでも青春』内、「出会い」および、自著『遠くを眺めて、近くへ戻る』内の「年とってからの著作」、本書内の「階段の昇り」。田中耕太郎は、自著『悠憂の日々』内、「『私の履歴書』読後感」で。アルフォンス・デーケンは、自著『いつまでも青春』内、「アルフォンス・デーケン氏」で記述。

注一七　木村道之助先生については、あちらこちらで述べているが、自著『楽日は来るのだろうか』内、「我が人生、最大の恩師との別れ」および自著『志気』内、「綱淵謙錠『人物列伝幕末維新史』」で。山本光先生については、自著『志気』内、「バートランド・ラッセル　宗教は必要か」および自著『余暇を活かしているのか』内、「八〇歳になって、第二の人生計画?」で。平尾泰男先生については、自著『坂道を登るが如く』内、「研究人生の恩師　平尾泰男先生」で述べた。その他、恩師と言える方には、中・高校の浅原欣次先生、重松樫三先生などがいて、これらについては自著『気力のつづく限り』内、「教駒の恩師、浅原欣次先生」、「教駒の恩師、重松樫三先生」で記述した。

注一八　フローレンス・ウィルソンは、自著『くつろぎながら、少し前へ!』内、「「武士の娘」を読んで」で、津村節子は、自著『思いぶらぶらの探索』内、「夫婦が共に作家である人たち」で。緒方貞子は、自著『「明日がより好日」に向かって』内、「国連なんて」で。遠藤順子さんは、自著『志気』内、「遠藤周作　『ぐうたら随筆』」で記述した。私は、改めて彼女の『夫の宿題』（ＰＨＰ研究所、一九九八年）を再読したが、一〇回の入院、八回の大手術を乗り越えた夫婦の物語は感動的であった。周作が亡くなってから、三年半後に制作されたという、順子さんが、彼の思い出の場所を巡礼した一時間弱の「ＹＯＵＴＵＢＥ　遠藤周作「再会」夫遠藤周作のメッセージ」に胸を打たれた。それは、彼がフランスへ留学した当初三カ月ほどいたルーアン、二年を過ごし結核になったリヨン、パリ、帰国し、結婚して住んだ世田谷区松原、結核で入院した慶応大学病院、周作が取材した隠れキリシタンの長崎の集落、日本に渡来したイエズス会の宣教師フランシスコ・ザビエルのスペインの故郷の村、夫婦で最後の取材旅行となったガンジス川の町ベナレス、そして長崎市外海（そとめ）地区に立つ遠藤周作文学館等を、彼女が巡る特集である。また『夫・遠藤周作を語る』（遠藤順子・鈴木秀子の対談、文藝春秋、一九九七年）を読んで、こういう女性を妻として、遠藤周作は実に幸せな男だったなあと感じた。

あとがき

　私は、若い時、神道夢想流杖道という戦国時代に夢想権之助が編み出した古武道を一〇年間やっていた。免許皆伝の最後の段階「秘伝」を前にして、専門の科学の研究に全精力を注ぐことにしてやめたのであるが「奥伝」まで了り、一応の高段者になったのだが、その修業に「残心」という言葉があった。これは、全力を尽くして組手を行うのだが、それが終わってもなお、心を残していなければならないという教えだった。これは実戦で相手を倒しても、なお油断なくということから発生したものと思われる。私は、人生におけるうえでも、これは重要と思ってきた。こんな風に、ものごとが成就しそうになり、あるいは成就してもなお、そのうえに慎重に対処するということが大事であるという心構えと解釈している。

　吉田兼好の『徒然草』の一〇九段に、「高名の木のぼりといひし男」というのがある。

　有名な木のぼりの名人が、人に命じて、高い木の梢の枝を切らせた時、危なく見えたところでは何も言わなくて、降りてきて軒先くらいの低い場所まで来ると、「失敗するな。注意して降りよ」と声をかけた、すると「これくらいになったら、飛び降りても降りられる。なぜそんなことを言うのか」と問うたところ、「そのことに侯ふ。目くるめき、枝危ふきほどは、おのれが恐れ侍れば申さず。あやまちは、安きところになりて、かならずつかまつることに侯ふ。」と言ったというのである。兼好は「あやしき下臈（げろう）なれども、聖人の戒めにかなへり」と述べている。

一方、尊敬している作家の故綱淵謙錠氏は、明治維新において、敗者となった徳川幕府の忠臣たちに対する限りない愛惜の想いを多くの作品にしている。それは、勝者のことだけでなく、いつも敗者の気持ちを慮るということである。スポーツなどでは、本人はもとより、応援する観客もほとんど勝つことだけに熱中し、勝者は常にヒーロー、ヒロインとして、大きく取り上げられる。しかし、常にそれよりはるかに多い敗者が存在するのである。そのことに意を馳せるということも、大切な心構えであろうと思う。

これらは、人生の終盤にだんだん近づいている我が身にとって、それぞれ考えさせるものを持っている。満年齢でもう傘寿を超えると、いろいろな思いに囚われる。日本の男性の平均寿命は二〇二一年七月の厚生労働省発表では、八一・六四歳、女性は八七・七四歳である。だから、平均から言えば、もうその年齢を超えているが、ある民間の同年八月の統計では、八〇歳の平均余命では九・四二年、すなわち、八九歳までは、事故がないかぎり生きられそうとなる。しかし、それには、上述の武道の教えや、兼好法師の注意が重要だし、慎重のうえにも慎重という心構えが必要だろう。

ウクライナとロシアの戦争が始まって、二年が過ぎ、これがどのような結果になるのか、いまだ判然としない。そうこうしている内に、今度は、中近東の火薬庫、パレスチナとイスラエルの戦乱が二〇二三年秋に勃発した。

幸い、日本はこれらの国から遠いので、影響はもっとも少ないのであるが、中国、北朝鮮と対峙する緊張は常に存在する。戦争はいつになってもなくならないのではないか。


若い時から、私には網羅癖というのがある。何か始めると、それを隅々まで調べてみる。確かに、文章を作る時は精神は緊張し一生懸命になる。そして表現がこれでよいか。自分本位になっていないか。他の人に対する慮り、弱い立場の人々に対する思いやりが欠けていないか。何度も何度も読み返す。時をおいても読み返す。職業作家、評論家のように締め切りというものはないから、一応書き終わっても、これでよしとなるまでは、さらに数週間、場合によれば新たなる調査で数カ月かかることもある。

書くというのは、話すのとは全く異なっている。それは、記名で書くのであるからすべて自己責任となり、間違いなく後に残る。批判されても構わない。その気迫がある限り、書き続けるというのも一つの毅然とした生きる姿勢だと思う。これがいつまで続くのか。さしたる自信もないが、一つの生きがいである。

最後に、今回も丸善プラネットの非常に丁寧な出版に対する努力に深甚の感謝を申したい。今回、特に校正を担当された方の、信じられないくらいの行き届いた調査に打たれた。また編集に対する戸辺幸美氏の変わらぬ努力と、真摯な対応にあらためて感謝いたします。

著者略歴

曽我　文宣（そが　ふみのり）

1942年生まれ。1964年東京大学工学部原子力工学科卒、大学院を経て東京大学原子核研究所入所、専門は原子核物理学の実験的研究および加速器物理工学研究。理学博士。アメリカ・インディアナ大学に３年、フランス・サクレー研究所に２年間、それぞれ客員研究員として滞在。

1990年科学技術庁放射線医学総合研究所に移る。主として重粒子がん治療装置の建設、運用に携わる。同研究所での分野は医学物理学および放射線生物物理学。1995年同所企画室長、1998年医用重粒子物理工学部長、この間、数年間にわたり千葉大学大学院客員教授、東京大学大学院併任教授。2002年定年退職。

以後、医用原子力技術研究振興財団主席研究員および調査参与、（株）粒子線医療支援機構役員、NPO 法人国際総合研究機構副理事長などとして働く。現在は、日中科学技術交流協会理事。

【著　書】
『自然科学の鑑賞―好奇心に駆られた研究者の知的探索』2005年
『志気―人生・社会に向かう思索の読書を辿る』2008年
『折々の断章―物理学研究者の、人生を綴るエッセイ』2010年
『思いつくままに―物理学研究者の、見聞と思索のエッセイ』2011年
『悠憂の日々―物理学研究者の、社会と生活に対するエッセイ』2013年
『いつまでも青春―物理学研究者の、探索と熟考のエッセイ』2014年
『気力のつづく限り―物理学研究者の、読書と沈思黙考のエッセイ』2015年
『坂道を登るが如く―物理学研究者の、人々の偉さにうたれる日々を綴るエッセイ』2015年
『心を燃やす時と眺める時―物理学研究者の、執念と恬淡の日々を記したエッセイ』2016年
『楽日は来るのだろうか―物理学研究者の、未来への展望と今この時、その重要性の如何に想いを致すエッセイ』2017年
『くつろぎながら、少し前へ！―物理学研究者の、精励と安楽の日々のエッセイ』2018年
『穏やかな意思で伸びやかに―物理学研究者の、跋渉とつぶやきの日々を記したエッセイ』2019年
『思いぶらぶらの探索―物理学研究者の、動き回る心と明日知れぬ想いのエッセイ』2019年
『「明日がより好日」に向かって―物理学研究者の、日々を新鮮に迎えようとするエッセイ』2019年
『小説「ああっ、あの女《ひと》は」他―予期せぬできごと、およびエッセイ』2021年
『余暇を活かしているのか―物理研究者のよもやまエッセイ』2022年
『遠くを眺めて、近くへ戻る―希望と現実の往来を綴るエッセイ』2023年
（以上、すべて丸善プラネット）

未知なる心境を求めて

試行錯誤の日々を綴るエッセイ

二〇二四年七月一五日　初版発行

著作者　曽我　文宣

発行所　丸善プラネット株式会社
〒一〇一-〇〇五一
東京都千代田区神田神保町二-一七
電話（〇三）三五一二-八五一六
https://maruzenplanet.hondana.jp

発売所　丸善出版株式会社
〒一〇一-〇〇五一
東京都千代田区神田神保町二-一七
電話（〇三）三五一二-三二五六
https://www.maruzen-publishing.co.jp

印刷・製本／富士美術印刷株式会社

ISBN 978-4-86345-567-2 C0095

思いぶらぶらの探索

物理学研究者の、動き回る心と明日知れぬ思いのエッセイ

A5 判・並製・230 頁
定価：本体 1,800 円＋税

楽日は来るのだろうか

物理学研究者の、未来への展望と今この時、その重要性の如何に想いを致すエッセイ

A5 判・並製・250 頁
定価：本体 1,800 円＋税

気力のつづく限り

物理学研究者の、読書と沈思黙考のエッセイ

A5 判・並製・236 頁
定価：本体 1,800 円＋税

「明日がより好日」に向かって

物理学研究者の、日々を新鮮に迎えようとするエッセイ

A5 判・並製・236 頁
定価：本体 1,800 円＋税

くつろぎながら、少し前へ！

物理学研究者の、精励と安楽の日々のエッセイ

A5 判・並製・228 頁
定価：本体 1,800 円＋税

坂道を登るが如く

物理学研究者の、人々の偉さにうたれる日々を綴るエッセイ

A5 判・並製・240 頁
定価：本体 1,800 円＋税

小説「ああっ、あの女《ひと》は」他

予期せぬできごと、およびエッセイ

四六判・並製・162 頁
定価：本体 1,400 円＋税

穏やかな意思で伸びやかに

物理学研究者の、跋渉とつぶやきの日々を記したエッセイ

A5 判・並製・234 頁
定価：本体 1,800 円＋税

心を燃やす時と眺める時

物理学研究者の、執念と恬淡の日々を記したエッセイ

A5 判・並製・248 頁
定価：本体 1,800 円＋税